KINDERZIMMER

VALENTINE GOBY

KINDERZIMMER

roman

BABEL

Pour Jean-Claude Passerat,
Guy Poirot, Sylvie Aylmer,
enfants de Ravensbrück.

Pour Marie-Jo Chombart de Lauwe,
puéricultrice de la Kinderzimmer
de Ravensbrück,
infatigable militante.

CHANTECLER. – *Tiens, les entends-tu maintenant?*
LA FAISANE. – *Qui donc ose?*
CHANTECLER. – *Ce sont les autres coqs.*
LA FAISANE. – *Ils chantent dans du rose…*
CHANTECLER. – *Ils croient à la beauté dès qu'ils peuvent la voir.*
LA FAISANE. – *Ils chantent dans du bleu…*
CHANTECLER. – *J'ai chanté dans du noir.*
Ma chanson s'éleva dans l'ombre la première.
C'est la nuit qu'il est beau de croire à la lumière.

EDMOND ROSTAND,
Chantecler, acte II, scène 2.

PROLOGUE

Elle dit mi-avril 1944, nous partons pour l'Allemagne.

On y est. Ce qui a précédé, la Résistance, l'arrestation, Fresnes, n'est au fond qu'un prélude. Le silence dans la classe naît du mot Allemagne, qui annonce le récit capital. Longtemps elle a été reconnaissante de ce silence, de cet effacement devant son histoire à elle, quand il fallait exhumer les images et les faits tus vingt ans ; de ce silence et de cette immobilité, car pas un chuchotement, pas un geste dans les rangs de ces garçons et filles de dix-huit ans, comme s'ils savaient que leurs voix, leurs corps si neufs pouvaient empêcher la mémoire. Au début, elle a requis tout l'espace. Depuis Suzanne Langlois a parlé cinquante fois, cent fois, les phrases se forment sans effort, sans douleur, et presque, sans pensée.

Elle dit le convoi arrive quatre jours plus tard.

Les mots viennent dans l'ordre familier, sûrs, elle a confiance. Elle voit un papillon derrière la vitre dans les branches de platane ; elle voit couler la poussière dans la lumière oblique rasant les chevelures ; elle voit battre le coin d'un planisphère mal scotché. Elle parle. Phrase après phrase elle va vers l'histoire folle, la mise au monde de l'enfant au camp de concentration, vers cette chambre des nourrissons du camp dont son fils est revenu vivant, les histoires comme la sienne on les compte sur les doigts de la main. C'est aussi pourquoi elle est invitée dans ce lycée, l'épreuve singulière dans la tragédie collective, et quand elle prononcera le mot Kinderzimmer, tout à l'heure, un silence plus dense encore tiendra la classe comme un ciment. Pour l'instant, elle est juste descendue du train, c'est l'Allemagne, et c'est la nuit.

Elle dit nous marchons jusqu'au camp de Ravensbrück.

Une fille lève la main. À ce moment du récit ce n'est pas habituel. Une main levée comme un signal, une peau très pâle, et dans le sourcil droit, un minuscule anneau rouge. La main levée déroute Suzanne Langlois, le récit bute contre la main, une main sur sa bouche, et se fragmente.
La fille demande si Suzanne Langlois avait entendu parler de Ravensbrück en France, avant le départ.
Suzanne Langlois dit j'ai su qu'il y avait des camps, c'est tout.
Et dans le train pour l'Allemagne, elle connaissait la destination ?
— Non.
— Alors quand vous avez compris que vous alliez à Ravensbrück ?
Suzanne Langlois hésite, et puis : je ne sais pas. De toute façon elle n'aurait pu *comprendre* qu'elle allait à Ravensbrück, quand bien même elle aurait su ce

nom il n'aurait évoqué qu'un assemblage de sons gutturaux et sourds, ça n'aurait eu aucun sens avant d'y être, avant de le vivre.

— Alors, vous ne saviez pas où vous étiez ?

Suzanne Langlois sourit, hésite, puis : non.

Elle ajuste son châle. Elle essaie de reprendre, de convoquer le mot qui doit surgir à ce point du récit. Les trente garçons et filles de dix-huit ans la fixent, attendent. Et c'est comme une écharde dans le gras de la paume. Une gêne infime, une pointe mauve qui passerait inaperçue si la chair n'était pas si lisse, si régulière autour. Cette question de la fille. Quand est-ce que j'ai su, pour Ravensbrück. Quand ai-je entendu le mot Ravensbrück pour la première fois. Personne avant n'a posé cette question, il a fallu cette fille à la peau blanche percée d'un anneau rouge. Elle cherche, dans ses images internes, au-delà du planisphère corné, du papillon, de la diagonale de lumière, un panneau sur la route qui conduit au camp, un poteau, une inscription frontale, ou une voix pour prononcer ce mot : Ravensbrück. Mais rien n'est inscrit, nulle part, rien n'est dit dans le souvenir. Le camp est un lieu qui n'a pas de nom. Elle se rappelle Charlotte Delbo, la poète. Les mots de Charlotte évoquant Auschwitz, *un lieu d'avant la géographie*, dont elle n'a su le nom qu'après y avoir passé deux mois.

— En fait, reprend la fille, vous ne saviez rien ce jour-là ? Vous n'en saviez pas plus sur Ravensbrück alors, que nous maintenant ?

Et après un silence la femme répond : oui, peut-être. Suzanne Langlois n'en revient pas, d'une telle proximité entre une fille de terminale et la jeune femme

13

qu'elle était au seuil du camp, à peine plus âgée. L'ignorance, ce serait l'endroit où se tenir ensemble, la fille et elle ; le lieu commun, à soixante ans de distance.

En vérité la phrase de tout à l'heure, *nous marchons jusqu'au camp de Ravensbrück*, est impossible. Marcher depuis la gare et connaître la destination, ça n'a pas existé pour Suzanne Langlois. Il y eut d'abord cette route, parmi les sapins hauts et les villas fleuries, parcourue sans savoir ; et seulement plus tard, mais quand, une fois le chemin arpenté, le nom de Ravensbrück. Dans les classes et ailleurs depuis trente ans il a fallu tout dire, en bloc, tout ce qu'elle sait du camp, sans souci de sa chronologie personnelle : ce qu'en ont su et dit les autres déportées, les révélations du procès de Hambourg en 1947, les travaux d'historiens, tout agréger, reconstituer pour transmettre, pour combattre la totalité de l'oubli, la béance des archives détruites, et dans l'urgence à dire l'événement, le fouiller, l'épuiser complètement avant la mort, quelque chose a été oublié quand même : elle, Suzanne Langlois. Qui tout au long de la déportation, de la maternité au camp, a été une ligne de front singulière, constamment déplacée, entre ignorance et lucidité, l'ignorance se découvrant sans cesse de nouveaux champs.
Elles sont imprononçables, les phrases habituelles. Ni *nous marchons jusqu'au camp de Ravensbrück*, à cause du nom ignoré. Ni *nous sommes placées en quarantaine*, ce Block n'a de fonction qu'aux yeux des prisonnières anciennes. Ni *à 3 h 30 j'entends la sirène*, car elle n'a plus de montre. Impossible de dire *il y avait une Kinderzimmer, une chambre des nourrissons* : elle

14

n'en a rien su avant d'y laisser son enfant. Un chagrin monte, qui est un deuil. L'histoire finie n'a plus de commencement possible. Et même s'il y a des images sûres, l'histoire qu'on raconte est toujours celle d'un autre.

À cause de l'écharde dans l'histoire, Suzanne Langlois se tait. Elle rentre chez elle, elle reviendra une autre fois. Ou pas. Ça n'est pas décidé.

Oh, retrouver Mila, qui n'avait pas de mémoire. Mila, pur présent.

I

L'épuisement de Mila devant l'entrée du camp.
Ce qu'elle croit être l'entrée du camp, hauts murs
ébauchés dans la nuit par-delà les faisceaux braqués
au hasard, ses paupières d'un coup baissées et les
aiguilles qui, après, trouent la vue. Autour, quatre
cents corps de femmes découpés à la torche en
fragments phosphore – quatre cents, elle sait, elles
ont été comptées à Romainville – nuques, tempes,
coudes, crânes, bouches, clavicules. Aboiements
d'hommes, de femmes, de chiens, mâchoires, langues, gencives, poils, bottes, matraques au strobos-
cope. Les flashs, les sons en rafale empêchent Mila
de vaciller, la tiennent d'aplomb comme le ferait une
salve de mitrailleuse.

Les épaules de Mila, ses vertèbres, ses hanches à
vif à cause de la position dans le wagon à bestiaux,
allongée sur la tranche ou debout sur un pied pendant quatre jours. Sa langue pierre dans la bouche,
une fois elle a penché la tête par la lucarne où les
femmes vidaient l'urine, elle a bu la pluie.

Maintenant elle attend devant la barrière. Sa main
droite serre la poignée de la petite valise. Dans la
valise la photo de son frère arrêté en janvier, vingt-
deux ans, la photo de son père devant l'établi rue

Daguerre parmi les ciseaux, les racloirs, les alènes, et aussi les restes d'un colis alimentaire reçu à Fresnes, un chandail, une culotte, une chemise, deux barboteuses tricotées en prison. Elle serre la poignée de la valise, le territoire connu, 40 x 60 cm, la valise et la main de Lisette, pas davantage Lisette qu'elle n'est Mila mais Maria et Suzanne c'était une autre vie. Au-delà ça n'a pas de nom. C'est noir incisé de lames et de projecteurs blancs.

Elle a su qu'elle partait pour l'Allemagne. Elles l'ont toutes su à Romainville. On ne les fusillerait pas, elles étaient déportées, peu le regrettaient alors sauf quelques-unes – fusillée comme un homme, pensez, comme un soldat, un ennemi du Reich, au mont Valérien. Mila avait fait son devoir, c'est ce qu'elle disait, mon devoir, comme on cède sa place à une vieille femme dans l'autobus, naturellement et sans lauriers, en elle nul désir d'héroïsme, et si possible elle ne veut pas mourir. L'Allemagne plutôt qu'une balle en plein cœur. Ça n'est pas un choix, pas une joie, juste un soulagement. Elle quitte les lieux en rang, droite, parmi les quatre cents femmes, sous un soleil grandiose. Du camion débâché au train, des gens se figent le long de la route, la Marseillaise, le pain et les fleurs la portent jusqu'aux rails, jusque dans le wagon, de l'intérieur elle entend chanter les cheminots, et les Allemands furieux pulvériser les vitres de la gare. Pour l'Allemagne, donc, elle a su.

L'Allemagne, c'est Hitler, les nazis, le Reich. Y sont captifs des prisonniers de guerre, des requis du STO, des déportés politiques ; en Allemagne on tue les Juifs ; on tue les malades et les vieillards par piqûre et par gaz, elle le tient de Lisette, de son frère, du réseau ; il y a des camps de concentration ; elle n'est ni juive, ni vieille, ni malade. Elle est enceinte, elle ne sait pas si ça compte, et si oui de quelle façon.

Où en Allemagne, elle l'ignore. Elle ne sait rien de la distance, ni de la durée du voyage. Arrêts brefs, sans pause, portes ouvertes aussitôt closes dans un fracas de ferraille. De brusques éblouissements, des plaques d'air frais laissent tout juste entrevoir l'alternance du jour et de la nuit, de la nuit et du jour. Trois nuits, quatre jours. À un moment on passe la frontière, forcément. Avant ou après que la tinette pleine de pisse roule dans la paille déjà souillée et que deux femmes se battent aux poings ? Avant ou après que Mila somnole contre le dos de Lisette, le ventre hyper-tendu par-dessus l'utérus minuscule ? Avant ou après que Mila ne puisse plus fermer la bouche par manque de salive ? Juste après le papier jeté sur les rails ? Pas avant le papier ce serait bien, ça lui laisserait une chance de voyager jusqu'au destinataire, trois lignes écrites avec un bout de crayon à Jean Langlois, rue Daguerre à Paris, je vais bien papa je t'embrasse et une pièce pour le timbre dans la feuille froissée. Les décélérations du train cognent dans les poitrines, annoncent potentiellement l'Allemagne, alors des femmes chantent, ou serrent les poings, ou gueulent qu'elles ne descendront pas chez les Boches, ou prient, ou prédisent bientôt un débarquement ; d'autres, épuisées, se taisent ; il y en a qui frappent. Mila écoute. Elle ouvre grands les yeux. Elle cherche un signe. L'Allemagne, ça ne peut pas passer inaperçu. Puis le train accélère sans qu'on sache. Rien ne marque la frontière. C'est un franchissement silencieux, mais avéré une fois le train stoppé en gare et les femmes jetées hors du wagon : sur le quai, en face, Mila déchiffre en grosses lettres le nom de Fürstenberg. Fürstenberg c'est nulle part, insituable sur une carte, mais c'est l'Allemagne, ça sonne allemand, il n'y a pas de doute. Et tout de suite, les chiens.

On les compte en rang comme à Romainville. Il manque des femmes. Les vivantes se mettent en marche. Quelqu'un tombe. Un fouet claque. Alors les hurlements, les martèlements de souliers, les aboiements se fondent en son homogène, qu'il faut tenir à distance pour mettre un pied devant l'autre, ne pas se laisser atteindre, traverser, épuiser par le bruit, la fatigue est telle. Marcher c'est tout, marcher, garder le cap. La nuit dense caviarde le paysage déjà flouté par le sommeil, la faim, la soif. Par endroits le ciel violet sculpte la masse noire, détoure des branches, des feuilles, ce sont des sapins, des pins, sûrement des aulnes. Parce que son père est menuisier Mila connaît les arbres, les formes des branches, des feuilles, l'odeur des arbres, des résines, de l'écorce grattée. L'odeur enserre la peau, ample comme une forêt. Ne pas se laisser emporter par l'odeur des arbres, l'image de l'atelier du père, du bois coupé, de Paris. Ne pas trébucher, suivre le pas des quatre cents femmes, devant, derrière. Entre les arbres, des maisons à étage toutes éteintes. Puis une trouée vaste, un lac lisse, vernissé sous la lune, luisant du même éclat blanc que les mitraillettes. L'estomac brûle sous la bile pure, Mila inspire, expire, inspire encore, mais la violence des spasmes brise toute volonté : elle s'écarte et vomit sur le sable une flaque transparente, elle marche en vomissant, les chiens dans les mollets, la main de Lisette étoilée entre les omoplates.

Par les tuyaux de la prison, à Fresnes, Brigitte a dit tu n'as pas de veine avec ces nausées. Dans les tuyaux d'autres voix conversaient d'une cellule à l'autre, un poème, des nouvelles du front russe, des mots d'amour glissés bas – vraiment, des mots d'amour entre un homme et une femme, qu'elles laissaient passer en faisant silence, pour leur donner une chance. Mila n'a jamais vu Brigitte, toutes les deux sont au secret. Brigitte n'a été qu'un son pendant des semaines, mais tendre, fidèle, un rendez-vous du soir, un jour elle a fait passer laine et petites aiguilles à Mila dans un mouchoir noué, au bout d'un fil pendu par la fenêtre. D'où venaient les aiguilles et la laine, Mila ne l'a pas su. Pour compenser le pas de veine des nausées, Brigitte jure ton enfant te protège, je suis sûre, et elle chante une berceuse dans le boyau de plomb, une berceuse espagnole pour l'enfant de Mila, *las hojitas de los árboles se caen, viene el viento y las levanta y se ponen a bailar*, pour l'enfant et pour Mila, qui est comme son enfant, dit-elle. L'ignorance de Mila est sans limites, en elle la grossesse, au-devant l'Allemagne, il faut bien croire quelqu'un ou quelque chose. Mila croit Brigitte, elle n'a pas d'autre idée. Elle est protégée, l'enfant est une chance. Comme dans la chanson, les feuilles soulevées par le vent vont se mettre à danser. Voilà ce qu'elle se dit.

Maintenant les quatre cents femmes passent les barrières et entrent dans le camp. Les chiens, les hurlements, les projecteurs. On est où ici, demandent des voix, c'est quoi ce merdier. On frappe, on hurle, on compte, on recompte. Elles traversent une place vide, remontent une allée de bâtisses au cordeau puis sont bouclées, ventres contre ventres contre dos, quatre cents femmes moins les mortes, debout dans une seule salle obscure. Quoi rien à boire ? Comment tu dis ? Mais bon Dieu, vous savez où on est ? Oh va te faire foutre ! Les heurts entre les corps. Les orteils piétinés. Les coups sans méchanceté, les excuses lasses, les sourires épuisés, et les coups volontaires pour gagner des places. Les deux rangées de châlits à étages sont confisquées par les premières entrées. Allonge-toi, chuchote Lisette chancelante, vite, avant que le sol soit pris aussi. S'allonger c'est ce qu'elles font, sous une table, serrées, emboîtées, valise sous la nuque, dans la puanteur de pisse, de pied, de sueur. L'endroit n'a pas de nom. Ça inquiète vaguement. Pour l'instant se tenir la main, s'ancrer à fond dans cette seule certitude : la présence de l'autre. Si elles avaient su ce qui vient elles auraient demandé la balle en plein cœur, au mont Valérien ou ailleurs, ou se seraient jetées du train.

Pour Mila rien n'a de nom encore. Des mots existent, qu'elle ignore, des verbes, des substantifs pour tout, chaque activité, chaque fonction, chaque lieu, chaque personnel du camp. Un champ lexical, sémantique complet qui n'est pas de l'allemand et brasse les langues des prisonnières, l'allemand, le russe, le tchèque, le slovaque, le hongrois, le polonais, le français. Une langue qui nomme, quadrille une réalité inconcevable hors d'elle-même, hors du camp, en traque chaque recoin comme un faisceau de torche. C'est la langue concentrationnaire, reconnaissable de Ravensbrück à Auschwitz, à Torgau, Zwodau, Rechlin, Petit Königsberg, sur tout le territoire du Reich. Nommer, ça va venir, ça vient pour toutes. Le camp est une langue. Cette nuit et les jours à venir vont surgir des images qui n'auront pas de noms, pas davantage que le camp au soir de leur arrivée, comme n'ont pas de noms encore les formes aux yeux d'un nouveau-né. Surgiront aussi des sons sans images : *triangle rouge, organiser, transport noir, érysipèle, lapins, cartes roses, NN, [chtoubova], [blocova], [chtrafbloc], [arbaïtsapel], [chmoukchtuc], [ferfugbar], [chlague], [revire], [komando], [yougueuntlagueur], [lagueurplatz], [chvaïneraille], [vachraoum], [aoufchtéheun], [chaïsecolone], [planiroung], [chraïberine], [kèleur], [loïseu].* L'apprentissage fondamental, ce sera relier le son et l'image. Donner sens aux phonèmes, nommer les formes. Les premières heures c'est impossible, même si raus ! Mila connaît, elle vient de la France occupée, même si à l'exemple des autres femmes, au cri de *[tsoufünft]* elle s'est mise en rang cinq par cinq sur le quai de Fürstenberg, procédant par imitation – il y en avait bien une, au moins, parmi elles, qui savait l'allemand pour initier le mouvement –, comme à l'heure de son premier sourire, pure copie du sourire de sa mère, une grimace douce dénuée de sens. Le camp est une régression vers le rien, le néant, tout est à réapprendre, tout est à oublier.

D'abord viennent les images. La première suit le hurlement d'une sirène en pleine nuit. Dehors, de l'autre côté de la fenêtre, dans le champ étroit entre les bâtiments, des ombres mouvantes, ployées. Une ombre atteint la baraque, y pénètre. Mila ne regarde pas le bidon que tire la femme, ni le liquide versé par elle à la file chaotique qui se forme, ni la grimace des visages qui boivent, parfois recrachent le jus noir. Elle fixe la femme. Le visage de la femme. Les os. Les trous des yeux au milieu des os. Le trou de la bouche. L'os du front, les croûtes du front et des oreilles. La femme se baisse, sa robe remonte sur les mollets, Mila voit les jambes. Le bloc de peau congestionnée, l'absence de genoux, de chevilles, le tronc des jambes. Les os du visage ont des jambes sans os. Les plaies des jambes. Le pus jaune clair coule de la chair ouverte, veinée violet comme un marbre fleur de pêcher. Une femme malade, elle pense. Jusqu'à ce que le jour se lève et que d'autres corps passent par-delà la fenêtre, distants mais éclairés, maigres aussi, troués, osseux. Jusqu'à ce que des Françaises déportées depuis plusieurs mois les rejoignent clandestinement dans la baraque, mêmes visages creux, mêmes croûtes, lui viennent en salve les mots de la douleur, abcès, ulcères, lésion, bubon, kyste, ganglion, tumeur, devenus familiers pendant la maladie de sa mère, mais elles, les femmes, disent : *érysipèle*, *plaies d'avitaminose*, *dysenterie*. La femme au bidon de café ersatz et ces déportées françaises ne sont pas des malades, ce sont seulement des prisonnières. Des *[chtuques]*, elles disent en riant, des morceaux, des pièces, comme pièce de machine, pièce de viande. Leurs corps c'est déjà son corps. Leurs jambes ses jambes. Leurs trous leurs os c'est son visage, ses trous. Mila se contemple avec horreur, et c'est sûrement pareil dehors, Polonaises, Allemandes, Hongroises, Tchèques – quarante mille au moins, dit l'une des Françaises. Il y a d'autres images sans nom, des milliers, ainsi cet orifice unique, sans porte, au fond de la salle, d'où débordent l'urine et la merde, en face d'un lavabo sans eau, mais les chairs de la femme au bidon et des prisonnières françaises sont les plus désolantes : elles campent l'horizon.

Ensuite viennent des mots. Ce sont les prisonnières françaises entrées clandestinement dans la baraque qui les disent. La *[blocova]*, la chef du *[bloc]*, est leur complice – deux mots nouveaux – et le Block est un Block de *quarantaine*. Une prisonnière retrouve sa mère parmi les quatre cents, elle tombe dans ses bras. Les autres se hâtent de parler : c'est le Block 11, elles disent, 11 sur 32. Elles parlent vite, à des petits groupes, la main sur la fenêtre pour basculer dehors s'il le faut. Elles disent que l'*[apel]* a lieu à 3 h 30 du matin, après la distribution de café et de pain. Qu'il dure au moins deux heures, parfois plus. Elles disent qu'à *[ravensbruque]* on travaille, Ravensbrück est le nom du camp, et qu'elles sont *[ferfugbar]*, elles, disponibles, non affectées à une colonne, qu'elles se cachent pour échapper à toute corvée mais qu'à cause de l'oisiveté à chaque minute elles risquent leur vie. Elles disent qu'il ne faut pas être malade, les malades sont les premières victimes des *sélections*, qui conduisent à des *transports noirs* vers d'autres camps, dont ne reviennent que des robes numérotées. Aussi, éviter le *[revire]*, l'infirmerie, qui est un mouroir et vous désigne illico comme charge, plutôt que comme Stück exploitable chez Siemens ou au *[bétribe]*, l'atelier de couture. Au Revier on ne soigne pas. On est parfois empoisonné. On côtoie le typhus, la scarlatine, la coqueluche, la pneumonie. Éviter le Revier le plus longtemps possible. Mila entend. Le Revier c'est la mort. La grossesse, à terme, c'est le Revier donc c'est la mort.

Brigitte avait tort. Trop de mots, d'inconnues, et la faim qui fore le ventre, à un moment elle n'entend plus, il est question de poux à tuer, de chevelures, on demande des nouvelles de la France, des Alliés, de Paris et elles fusent, toutes fraîches. Soudain les prisonnières s'éclipsent et la *[chtoubova]* entre, *[rouhe]*!

Ensuite il y a des chants à voix basse. Des parties de cartes muettes jouées avec des petits rectangles confectionnés en prison, et de temps à autre la Stubowa : Ruhe! Une distribution de soupe claire que des femmes régurgitent et que des prisonnières frappant à la fenêtre, bras tendus, yeux exorbités, supplient qu'on leur passe, malgré la mousse de salive qui flotte en surface, et absorbent d'un coup avec des bruits de gorge jusqu'à ce qu'un bras roue de coups l'une d'elles, épaules, tête, nuque, après c'est au sol, on ne voit plus et ça ne fait pas de bruit sauf les han de la femme qui frappe, une blonde en tailleur kaki dont le chignon se défait sous l'effort. Mila boit. Tout. L'ignorance t'enfonce dans le présent, complètement, le jour est une accumulation d'heures, les heures une accumulation de minutes, les minutes une accumulation de secondes, même les secondes sont divisibles, tu ne connais que l'instant. L'instant est une soupe.

Que faire du ventre. De l'enfant dans le ventre, trois mois et demi environ. Que faire du corps empêché. Personne ne sait qu'elle est enceinte sauf Lisette et Brigitte, elle n'a pas voulu le dire, par superstition, puis n'y a pas pensé. Maintenant ça prend toute la pensée. L'enfant invisible est-il une mort précoce. La mort portée au-dedans. Se boucher les oreilles, ne pas entendre les prisonnières françaises surgies dans le Block 11 parler de la mort, détachées, elles, on dirait, habituées, elles souriaient, sans sadisme, étaient aimables et douces, elles s'appliquaient à dire, prononçant bas et vite à cause de la règle transgressée, risquant gros vraiment, un flot de voix superposées, urgentes, disaient les sélections, les transports noirs, le *[chtrafbloc]* – Block punitif, le *[bounkeur]* – tu peux y être battue à mort, les balles dans la nuque –, on entend les coups de feu, on sait, et ces jours de massacre les SS reçoivent des cantinières double ration d'alcool, la maladie, la faim, le crématorium, disaient la mort omniprésente comme on indique la direction du zoo, distance à parcourir et repères visuels sur le parcours, et puis bonne route. Parmi elles, sûrement, des militantes à peau d'acier, qui envisagent la mort depuis la Résistance. Et là-bas Mila, assise contre le pilier de la table qui lui sert de couche, les genoux repliés dans les bras. Elle murmure qu'est-ce que je fais, Lisette, qu'est-ce qu'il faut faire. Lisette la regarde, entrouvre la bouche, aucun son ne sort. Ses pupilles roulent des yeux de Mila au ventre de Mila, elle cherche une réponse. Avale sa salive. Elle dit attends, on va voir, c'est trop tôt. Et elle reprend sa partie de cartes. Pour l'Allemagne on a su, c'est tout. Il n'y a rien au-delà de l'instant.

Un rayon de soleil traverse la fenêtre, par le champ étroit ouvert sur la place, ce qui semble une place par-delà les Blocks. La lumière fait des taches orange dans les cheveux des femmes, sur les peaux, sur le mur. Vient à Mila le mot Italie, elle n'y a jamais été mais l'orangé, la tiédeur de l'air lui évoquent l'abricot, la douceur du Sud, le pays de sa mère. On n'imagine pas plus absurde. Ravensbrück c'est le Mecklembourg, une Sibérie verte et sableuse au sud de la Baltique, glaciale l'hiver, brûlante l'été, Mila n'a rien vu encore, elle peut divaguer. L'après-midi, les entrées et sorties de toutes les femmes de la quarantaine, zu fünft dehors devant le Block avec les bagages, puis retour dedans, puis dehors sans bagages, puis dehors avec bagages, puis dedans avec bagages dehors, puis dehors bagages à l'intérieur, puis en marche par groupes de cinquante pour un Block voisin avec bagage au bras, démentent à peine son délire : elle voit des bouts de barbelés, des cimes de pin, des murs verts, une étoile dans le ciel pastel ; c'est tout.

Dans l'autre Block où on les mène avec bagages, une prisonnière française dit de se déshabiller. Entièrement. Mila déboutonne sa veste. Sa chemise. Fait glisser sa jupe. *[chneller]* ! Les vestes, les chemises, les jupes, les bas, les culottes tombent mollement au sol. Mila se tient face au mur à cause de sa poitrine et de son sexe nus, à cause des poitrines et des sexes nus des femmes, elle pense aux vieilles, le pire ce n'est pas être vue c'est voir, voir les vieilles et les mères qui se cachent. *[comhire]* ! Dans le mur il y a une fissure ramifiée sur le haut en fines veinules tremblées. On dirait un delta. Le delta du Rhône, pense Mila, son corps tressaille et son manuel de géographie s'ouvre mentalement sur la Camargue, une leçon deux trois ans en arrière, elle voit les ailes d'oiseaux déployées sur la page, le sable, le sel, les chevaux. Schnell ! Lisette prend la main de Mila et se place dans la file. Mila fixe ses orteils. Ça se passe comme ont dit les autres prisonnières. On l'enregistre, un bras plaqué sur les seins une main sur la vulve, nom, prénom, compétence. Les voix qui la précèdent égrènent infirmière, agricultrice, femme de chambre, professeur, Mila dit vendeuse dans un magasin de musique, elle pense que les autres ont un vrai métier. Lisette dit femme au foyer, sans qualification, elle ment, elle est tourneuse, et elle chuchote ils m'auront pas tout de suite pour leurs usines. On pose les vêtements sur une table. Les valises. La valise de Mila est ouverte, les barboteuses sont exhibées, *[cheune, cheune]*. Mila regarde les barboteuses danser dans les mains blanches, la surveillante ne semble pas faire le lien entre les barboteuses et Mila au ventre encore si lisse. Elle plie soigneusement les habits minuscules puis les met de côté sur une table où trônent déjà des chaussures à talons rouge carmin, une montre dorée et un petit missel. Le reste est entassé par terre. Mila serre sa brosse à dents, les prisonnières ont dit gardez vos brosses à dents, c'est tout ce qu'ils vous laissent. Pendant ce temps les photos du père et du frère passent de paume en paume, incognito, jusqu'à l'autre bout de la pièce où des femmes s'habillent, dissimulant dans les culottes, dans leurs cheveux noués les plus petits objets, une épingle, un crayon, une pince à épiler, un morceau de savon. La douche est un filet d'eau froide. Mila enfile mouillée les vêtements tendus par une *[aouféheurine]* : une large robe rayée qui descend bas dans le dos et la poitrine, un gilet de laine troué, l'ensemble barré de croix à la peinture, une culotte tachée, des chaussures dépareillées, trop grandes, sans lacets. Lisette porte une robe à fleurs au ras des cuisses et des *pantines* à semelles de bois. Elle fait ce drôle de geste : lisser le bas de la robe du plat de la main. Chasser les plis, s'y appliquer, comme une fillette endimanchée, convoquant des souvenirs de rentrée des classes, de communion ou de repas de

Pâques, et aussi l'image de la petite, la vraie, un corps maigre d'un mètre trente maximum qui a porté la robe avant, a grandi ou est morte. Mila se met à rire. Elle rit face aux genoux cagneux de Lisette sous la robe d'enfant, la robe étroite et fleurie du dimanche lissée en vain portée à Ravensbrück. Et d'autres rires déforment d'autres bouches, irrépressibles, silencieux, face à ces corps de clowns étriqués ou flottant dans les tissus informes, redoublant, après une brève stupeur, devant les crânes dévastés, parfois pas même un pou mais trop belles, ces parures, trop rousses, trop épaisses, trop brillantes, trop orgueilleuses, bravant la laideur ambiante, des chevelures coffre-fort rasées d'où dégringolent de menus objets, balayées puis jetées aux ordures, un rire qui sonne pas loin des larmes mais qui n'y cède pas, il reste sous les côtes. Une femme crie qu'on me tonde, je ne veux pas de vermine, mais les autres tondues se taisent, déplacent lentement les mains de leur sexe à leur crâne peau de poulet, réprimant des sanglots sous les spasmes. Ruhe, *[chvaïneraille]*! La "cochonnerie" française. On les a prévenues en quarantaine, ils haïssent les Françaises. Et les Françaises se marrent. Les truies. Les tympans de Mila vibrent fort après la paire de gifles, une bouche mouillée hurle des choses à cinq centimètres de son visage. Puis c'est fini. Les truies en robes d'été rentrent au Block 11 et cousent à leur manche un numéro et un triangle, rouge le plus souvent, celui des détenues politiques. Maintenant, dit une femme, chui marquée comme mes vaches.

La nuit de Mila est traversée de visages. Sous la table, elle touche les photos de son frère et de son père. Des photos de photographes aux bords crénelés. Elle passe le pouce sur le papier à l'endroit des visages, elle use les visages.

Mathieu n'a que quinze ans sur le cliché, il a terminé son apprentissage, il regarde droit devant, il fait homme. Le dernier souvenir de Mila a sept ans de plus. Comme chaque soir, Mila passe chercher Mathieu avant de rentrer. Il vient de finir sa journée de travail au restaurant La Fauvette, dit "Les Deux Canards", à cause des journaux clandestins imprimés la nuit juste en face. À La Fauvette, les résistants côtoient les SS sortis du cinéma Le Rex, c'est un établissement grande licence où l'alcool coule à flots, avec filles en robes fourreau et pianiste de jazz, très fréquenté, donc, rien de tel pour se dissimuler. La Fauvette fait boîte aux lettres, Mathieu reçoit et transmet des messages en même temps que les commandes. Ce jour-là, Mila trouve son frère debout sur le trottoir de l'autre côté de la rue. Il sourit, il regarde Mila et abaisse plusieurs fois les paupières, tandis qu'une main plaquée sur sa tête le pousse dans l'habitacle d'une traction noire. Après l'arrestation, la Citroën démarre et on ne sait plus rien.

Sur la photo du père cadrée serré on ne voit pas la chaise roulante. C'est un autre homme, la chaise roulante manque, corps bas du père coupé aux cuisses. L'établi est spécialement adapté à la chaise, à sa hauteur. Le père est réduit aux pièces petites, placards, guéridons, consoles, cadres, jouets. Pour les grandes, fenêtres, portes, lits, bibliothèques, il faudrait des jambes, de quoi ployer le corps par-dessus l'établi, adapter au volume l'ampleur du geste et de l'effort. Il façonne des bois tendres et flexibles, bois blancs, bois de filles il dit, à quatorze ans campé sur ses deux

31

jambes il travaillait le chêne, le châtaignier et l'orme, maintenant c'est une souche. Dès l'enfance, Suzanne aide son père. Lui passe les outils stockés dans le bac ou accrochés au mur. Le père scrute le bras tendu de sa fille, la chair ferme du biceps. Et aussi, elle le sait, l'aisselle blanche sous la manche d'été, la première poitrine, et quand elle monte sur la pointe des pieds pour décrocher l'équerre, les cuisses nues ou moulées dans un collant de laine. Parfois quand ils sont seuls la main du père s'attarde sur ses reins, une pression douce et ferme, à cause du fauteuil ils sont de même taille, elle et lui. Alors Suzanne fixe le trusquin, les rabots, les scies, ce qui tranche et écrase, elle est prête, c'est à portée de main, elle dit j'ai des jambes et la main se retire. Elle pense ma mère est morte mon père a du chagrin. Elle le plaint. Il lui laisse la sciure pour fourrer ses poupées. Un jour il façonne pour elle un lutrin, elle a vingt ans pile et vend des partitions dans un magasin de musique. C'est un lutrin de table en merisier flammé. Elle ne joue plus au piano depuis longtemps. Elle regarde son père sans comprendre, elle est plus haute maintenant, d'une tête. Il dit Suzanne si tu veux me faire plaisir remets-toi au piano. Au piano, comme sa mère épousée à vingt ans. Elle a pitié. Elle ne fera pas plaisir. La dernière vision c'est la main du père sur le rabot, les phalanges blanches serrant fort le rabot pour masquer le tremblement qui les gagne.

Le troisième visage n'a pas de photo. Le visage est mangé par la nuit, il a brièvement traversé la lumière du magasin de musique après avoir donné le mot de passe à l'heure de la fermeture, la Canción de Manuel de Falla s'il vous plaît. Mila le conduit dans l'arrière-boutique, sort de sa poche la petite clé et ouvre le placard sous l'escalier. L'homme soulève sa veste, à la lueur de la torche elle voit la tache rouge en haut des côtes, la sueur à son front. Elle désinfecte et panse la plaie. Trop tard pour le médecin et pour rentrer, la nuit tombe. Elle éteint la torche. Ferme sur eux la porte du placard. Elle s'assoit près de l'homme. Ils sont dans le noir et le silence par nécessité, braver les règles c'est la mort. Au matin il s'en ira sans laisser de trace. Elle écoute les craquements de l'escalier, les souris, la pluie sur les poubelles en fer. L'homme grelotte. Elle retourne le gant au front de l'homme, lui donne à boire. Elle a peur qu'il gémisse, qu'il délire dans la fièvre, elle met la main devant sa bouche. Alors ça arrive, Mila touche la bouche de l'homme, touche ses pommettes. Touche la nuque. Touche l'épaule, la hanche par-dessus les vêtements. Touche sous la chemise, épargnant la blessure, sonde le dur, le mou du corps, plaque ses mains tièdes pour s'en faire une image, évaluer les volumes. Il se laisse faire, à cause de la douleur, à cause de la douceur. Si lui aussi bouge la main ils risquent gros. Il la bouge et le mouvement à deux s'enclenche, guidé par elle qui lentement, muettement l'aspire sans l'obliger au moindre effort, c'est le jour du lutrin en merisier flammé, elle n'a pas pitié de l'homme elle veut lui faire plaisir, consoler quelque chose en lui et par là en elle qui a tenu tête au père, encore une fois, qui a refusé, et là elle donne, est capable de ça, donne sans demande, simplement, et ils transgressent la règle majeure et la mort les guette dans leur propre camp : ne pas coucher avec un membre du réseau, jamais. Mais c'est d'ailleurs que vient le malheur, le lendemain, une fois l'homme en allé avec des vêtements neufs et une dose de morphine. Un autre entre dans la boutique, la Deuxième de Schubert s'il vous plaît, Mila sort la petite clé de sa poche, c'est le signe, on l'arrête, on la pousse dans une traction noire, quelqu'un a trahi. À cause du mot de passe, la Canción de Manuel de Falla, l'homme du placard a désormais les traits du compositeur, pâle et mélancolique. Mila en chasse la vision triste. Elle attend l'enfant d'un homme sans visage. Ne l'attend pas, le porte.

À un moment, elle dort.

Le premier Appell sur la *[lagueurplatz]*, la place centrale, c'est la chance du dehors. En quarantaine tu ne sors que pour l'Appell. À 3 h 30 la sirène, et aussitôt le café, la tranche de pain fine comme une lamelle de pomme et la question cruciale : manger d'un coup ou en plusieurs fois. Mila mord le pain et boit le café par-dessus pour faire masse, une boule compacte qui racle l'œsophage et pèse, provisoirement, dans l'estomac, tandis que s'allonge la queue au *[vachraoume]*, le W.-C. lavabo constellé d'excréments, une file de quatre cents femmes que disloque soudain le raus für Appell! lancé par la surveillante – Attila, elles la nomment, le convoi des 35 000, cette blonde qui la veille a battu une prisonnière affamée sous les fenêtres du Block ; "Attila" c'est la première invention, la première liberté des 35 000 à Ravensbrück. Café ou W.-C., il faut donc choisir. Se remplir ou se vider. Puis sortir.

Le premier Appell, c'est le moment où tes pupilles roulent comme des yeux de mouche. Voir. Mesurer l'espace. Bouger les pupilles d'un coin à l'autre de l'œil et de haut en bas sans remuer la tête, sans rien activer du reste du corps qui doit être immobile, ont dit les Françaises : faire la stèle. Au sol du sable, des ombres. En haut, une profusion d'étoiles. Et finalement un pâlissement bleu. Alors les quarante mille femmes sortent de la nuit. Quarante mille stèles. Les quatre cents de la quarantaine sont à l'écart mais elles voient, et c'est laid. Une laideur répétée de visage en visage, de guenille en guenille, le même corps grêle démultiplié qui rétrécit dans la distance, jusqu'à l'horizon tout au fond de la place, où il n'a plus que la taille d'une allumette. Derrière les quarante mille, des baraques identiques, derrière les baraques des murs verts, des arbres verts derrière les murs, des cimes de pin, et des barbelés. Voilà, c'est le champ de vision et de silence, que seules traversent les silhouettes et les voix des SS, des Aufseherins en uniforme et des chiens tatoués. Après le mot Appell, après l'image de l'Appell par les fenêtres du Block, l'expérience de l'Appell. Faire la stèle dans l'aube mauve, sur la place tapissée de fleurs de givre. Se forger des genoux, des chevilles, des muscles lapidaires. Une vessie lapidaire, tenir, le périnée contracté à mort. Fixer quelque chose, un point stable pour pétrifier le corps. Au hasard une femme en face, de l'autre côté de la Lagerplatz, ou plutôt, la tache de son visage. S'y river. Longtemps. Lutter pour ne pas cligner des yeux mais céder tout de même, et tressaillir quand ils découvrent les jambes de la femme, la chair manquante dans le gras du mollet dégagé par la robe courte. Comprendre que la femme est un ancien *lapin*, cobaye inoculé de streptocoques ou de gangrène, muscles tranchés, creusés, greffés de muscles d'un autre corps de prisonnière, le processus d'infection observable à l'œil nu pour le médecin du camp, à même la plaie laissée béante dans le mollet, la cuisse, le ventre, ont dit les Françaises. Faire la stèle quand même. Écarter l'idée de l'enfant caché dans ton ventre, de la déchirure bientôt ouverte et pas refermée peut-être, du potentiel de mort contenu dans ce ventre. Pour cela regarder ailleurs, autre chose que les formes humaines tireuses de peur, de colère, de tremblements : les branches ; le bleu du ciel. Les premiers rayons détourent les toits des baraques. Penser à l'Italie, lointaine, immatérielle, territoire fictif, sans danger pour le corps, la pierre des maisons chauffée de soleil et constellée de lézards vert pomme. L'urine coule lentement sur les jambes de Mila, jusque dans ses chaussures.

Au Block, on ne sait pas comment ça prend, l'ennui sans doute et puis ces femmes si fortes : il y a des conversations. Une parle de la Bretagne, une autre de la nature amazonienne, une enseigne l'allemand, les communistes se rassemblent, un groupe récite des poèmes. Lisette dit à Mila t'as qu'à faire solfège. Et dans l'attente de ce qui doit suivre et dont elle ignore tout, Mila n'a pas d'autre idée pour se distraire. Elle écarte les doigts de la main gauche, en fait une portée que pincent le pouce et l'index de la main droite, et commence. Alors lui reviennent les nuits sous la lampe, rue Daguerre, tous rideaux tirés, elle codait des messages sur une portée vierge glissée au milieu de la partition, une note pour chaque lettre de l'alphabet sur un peu plus de deux octaves, touches blanches et touches noires comprises. Faucon dix heures même endroit, fa do sol# ré ré do# ré# sol# si sol mi sol# fa mi fa# do mi do mi mi do# ré# fa ré la♭ sol sur une portée en 4/8, la main gauche une pure fantaisie, elle, l'ensemble formant un son à vous crever l'oreille si on l'avait joué. Elle essaie quelque chose de beau, là, pour les quatre qui veulent apprendre, un air doux, et elles chantent tout bas une mélodie simple, voix fausses et faseyantes et toux rauque mêlées, qui dit l'odeur de la confiture dans une bassine en cuivre et le jeu du soleil sur un lac en été.

Plus tard, la Blockhowa ordonne de se déshabiller et de sortir. Les Aufseherins hurlent, bientôt Mila ne s'en étonnera plus : la norme est évaluée à l'aune de l'habitude, autant dire que très vite le mot hurler disparaîtra de la langue du convoi des 35 000, comme il a disparu du vocabulaire des convois précédents, et même, de leur pensée. Mila est nue dehors avec Lisette, parmi le troupeau des quatre cents moins les mortes. Elle attend. Encore. C'est carnaval, des SS s'approchent, détaillent les costumes de peau trop courts, dépareillés, usés aux coudes, aux genoux, les surplis, les coupes négligées, mal ajustées aux articulations, les tissus lâches, ils pointent l'index, commentent et rient en soufflant la fumée de cigarette, et ça fait mal dans le corps de Mila pour tous les autres corps, pour ce ventre couturé du diaphragme à la vulve, pour ces seins distendus jusque sous les côtes, pour ces fesses ces cuisses trouées de cellulite, pour cette poitrine étroite sur des hanches saillantes et pour les autres corps, aussi, aux proportions aimables, parmi ces femmes certaines ont des chairs, les vieilles écœurent mais dans les rêves des SS les jeunes aux seins de pommes chevaucheront leurs sexes cette nuit, les chevauchent déjà, excitent leurs fantasmes. Mila et Lisette resserrent les rangs, finalement les femmes s'agglutinent, se touchent, elles qui jamais n'ont vu les reins d'une mère ou d'une sœur, les épidermes font bloc, comblent les interstices, s'agrègent en carapace hermétique au-dehors, le mou contre le ferme, l'os contre la chair, muscles contre muscles. Elles présentent le dos, ferment les yeux comme le font les enfants sûrs que ne voyant pas, ils ne peuvent être vus. Les chiens aboient et les dispersent. Zu fünft! Gifles, coups de pied au cul.

Dans la salle où Mila entre nue, un homme écarte ses mâchoires, examine sa bouche, compte ses dents, les trous dans les dents. Une prisonnière note. Raus. Dans la salle où Mila entre vêtue, il y a une table et sur la table une femme, robe relevée, cuisses écartées. Un homme scrute son sexe. L'homme plonge sa main entre les cuisses de la femme, elle tressaille, il retire sa main, regarde ses doigts, puis les essuie à une serviette. Il ne porte pas de gant. Raus. La femme rabaisse sa robe, remet sa culotte et sort. C'est le tour de Mila. L'homme lui fait signe d'ôter la culotte. Elle s'allonge sur la table. L'homme relève la robe, palpe son ventre, fixe son pubis, saisit une brosse à dents et la passe dans les poils. *[kaïneloïseu]*, pas de poux, traduit la prisonnière assistante. Puis il écarte ses cuisses. Il va le faire. Il l'a fait à l'autre il va le faire à elle maintenant. Il va toucher l'intérieur de son ventre. Dans le ventre il y a l'enfant, il va toucher l'enfant au fond de la muqueuse, avec ses ongles racler la muqueuse, griffer l'enfant. Elle serre les cuisses. Comment c'est fait dedans? est-ce que c'est fermé? est-ce que ça s'ouvre sous les coups? est-ce que ça a des nerfs un enfant de trois mois et demi environ? Elle sait qu'il y a un tube rouge et au bout un ballon, quelqu'un le lui a dit, une cousine, ou l'institutrice, elle ne sait plus, ce ballon, est-ce qu'il se perce comme une chambre à air? est-ce qu'il se ressoude ? est-ce que le bébé va tomber ? est-ce que les autres filles savent, celles qui ont eu une mère, une qui ne s'est pas jetée du balcon quand elles avaient sept ans parce que la mort était moins cruelle que la maladie, est-ce qu'elles savent comment c'est fait le ventre d'une femme, les formes, les consistances, les épaisseurs, les distances entre le dedans et le dehors ? Elle contracte les muscles. Le jour des règles il y a eu l'institutrice pour laver la tache sur sa robe, pour frotter sa robe au savon de Marseille et prêter une robe de rechange, tu as une tante, a demandé l'institutrice, une grand-mère pour t'expliquer ? non ? elle avait expliqué elle-même, quand tu auras un bébé ça ne sortira plus chaque mois, et Suzanne avait dû en parler au père à cause de la liste des choses à acheter puis, pétrifiée de honte, elle s'était enfermée dans sa chambre. Le sang coulerait désormais, mais d'où, et comment. Conversations de femmes, territoire inconnu, elle avait imaginé les circonvolutions des tuyaux, des poches en elle, des nœuds de veines, des spirales violettes pleines de liquides sans jamais être sûre ni contredite, elle avait touché la matière visqueuse tantôt blanche tantôt rouge sombre qui sourdait de son ventre, comprenant qu'elle n'était plus une fille, plus vraiment, et le père avait seulement dit : Suzanne, t'approche pas des garçons. Depuis c'est plus vaste dans elle qu'au-dehors, à cause de l'ignorance. Elle en veut à sa mère de si mal se connaître, de permettre que l'homme en blouse blanche en sache plus qu'elle. Maintenant il va le faire, il est plus fort et il n'y a pas d'outil pour écraser cette main, ni trusquin ni rabot ni scie, ne me touche pas do# mi do mi sol ré sol# ré sol mi ré# do fa#, exactement ne me touche pas, mais l'homme force, et le doigt plonge entre les cuisses ouvertes alors c'est un réflexe : elle se referme sur lui comme une bouche, comme on mord, les deux jambes droites et dures en étau sur la main. Il gueule, l'insulte dans sa langue, puis retire la main et la fixe : *Oncinte ? Oncinte ?* La prisonnière qui prend les notes secoue imperceptiblement la tête, les yeux droit dans les yeux de Mila. Non, articule la prisonnière silencieusement. Et elle se tord les doigts, elle supplie muettement, non. *Oncinte ?* répète l'homme. Mila fixe la prisonnière, calque sur elle le mouvement de ses lèvres. Non, elle dit, pas enceinte. *Oui oncinte, oui oui oui !* J'ai eu mes règles la semaine dernière. Un temps. Le type en blouse blanche regarde sa montre. Raus.

C'est l'après-midi que Mila apprend pour les bébés. La prisonnière assistante du médecin se glisse au Block 11. Elle ne trahit pas Mila, accroche les regards de toutes les femmes. Elle parle vite, d'un souffle, elle dit qu'avant, un avant vague, non situé mais bien antérieur à son arrivée à elle en janvier 1944 avec le convoi des 27 000, on avortait les femmes jusqu'à huit mois, brûlant les fœtus directement dans la chaudière. Et même, des femmes sont mortes d'hémorragie, genoux et jambes liés par des cordes avec l'enfant resté dans le ventre. Ensuite les femmes ont pu accoucher au camp mais on noyait l'enfant à la naissance sous les yeux de la mère. Surgit alors l'image des chatons qu'on ne pouvait pas garder, rue Daguerre, quand la chatte en livrait une portée de cinq ou six, que le père de Suzanne maintenait sous l'eau dans un seau tandis que la petite fille pleurait dans la cuisine, regardant l'heure à la pendule, comme ça durait, le père criait depuis la cour ils ne souffrent pas Suzanne, ça va vite, et puis dehors ils attraperaient la gale ou se feraient écraser ou crèveraient de faim, mais il se passait bien trente minutes, oh le tic-tac du mécanisme, avant que le père ne sorte de l'établi, les petits cadavres enfermés dans un sac. Ça ne lui faisait pas rien, à Suzanne, elle n'était pas une fille de la campagne insensible aux lapins écorchés, aux cochons qu'on égorge, aux coqs au cou tranché au-dessus de la bassine, pas habituée aux vêlements, au sang, elle regardait le sac fermé, les formes molles noyées sous les mains du père avec l'envie de leur creuser une tombe dans les jardinières en grès, sa mère était bien enterrée quelque part. L'idée de toucher les petits morts la retenait chaque fois, et pour la consoler le père jurait il y a un paradis des chats, ils vont au paradis des chats ma Suzanne. La prisonnière dit que maintenant on laisse l'enfant vivant, mais elle n'a jamais vu ni entendu de bébé dans le camp, ni vu ni connu de femme enceinte depuis son arrivée à Ravensbrück. Ce qu'elle dit c'est qu'elle ne sait rien, elle croit que c'est moins pire qu'avant mais elle n'en est pas sûre. Mila demande pourquoi vous dites ça, pourquoi vous le racontez? Parce qu'ici c'est un camp de travail, on épuise les femmes au travail, toutes leurs forces y sont dédiées, ça c'est certain, la grossesse ne fait pas de toi un Stück très productif alors mesdames mieux vaut ne rien dire et on verra. Et puis la prisonnière s'en va.

C'est trop de coups à la fois : les hurlements, les chiens, la nudité, les poux, la faim, la soif, les sélections pour la mort, les balles dans la nuque, le Revier, les empoisonnements, le travail qui tue, les lapins, la grossesse, les bébés invisibles, chaque révélation fait surgir de nouvelles questions qui étendent le champ de l'ignorance, de la terreur, et Mila sent bien que les coups vont pleuvoir encore. Lisette dit de toute façon les Alliés vont débarquer, t'auras pas le temps d'avoir un ventre qu'on sera sorties de là! Elles sont nombreuses comme Lisette qui croient à la victoire proche. Pourtant Mila a vu des femmes se boucher les oreilles tandis que la prisonnière parlait des bébés, des qui ne voulaient pas entendre parce qu'elles auraient pu croire ce que disait la femme.

Aux Appells Mila cherche dans les rangs des femmes enceintes et des bébés. Les ventres sont cachés sous les robes. On ne voit rien. Elle fouille les rangs, fouille les colonnes en marche, toute la journée dans le Block elle est rivée à la fenêtre. Elle demande s'il vous plaît, quelqu'un d'autre que moi s'il vous plaît, ne parlant à personne car elle sait le ciel vide, se suppliant elle-même d'espérer. S'il te plaît, crois que c'est possible, crois-le. Le vent plaque les vêtements sur des côtes et des os. Il n'y a pas de femme enceinte. Il n'y a pas de bébé.

II

Six jours et sept nuits, puis les quatre cents moins les mortes font place nette. Fin de la quarantaine, le Block 11 est vidé. Les femmes sont réparties dans trois Blocks, parmi une foule de corps étrangers qui au-delà des nuances de pigment, de modelé et du nombre de dents, incarnent tous une image de l'avenir proche. Les observer de près maintenant. Se voir dans leur miroir, traverser le miroir, frôler les corps et se dire : c'est moi. Toutes, moi. Lire les numéros cousus sur les manches, se demander combien de semaines séparent ton corps du corps d'en face. Dans la vitre de la fenêtre noire de nuit, tandis que les femmes attendent pour entrer dans le Block, apercevoir la forme de ton visage aux traits gommés, indistincts, pareil aux autres visages, visage de Stück. Savoir par avance la déchéance qui t'attend. Ignorer tout de son processus.

Tout de suite le mot court quand elles entrent dans le Block, les 35 000, saluant à voix basse et bredouillant pardon dans la bousculade, polies encore, excusez-moi ; le mot sonne, passé de bouche en bouche tandis que le rang des nouvelles se défait dans la cohue du Block, il circule parmi les Russes, les Polonaises, les Allemandes, et des Françaises aussi, le mot craché après avoir raclé le fond de la gorge : choléra. Choléra, choléra, choléra, à tous les étages des châlits, choléra. Une Française s'approche, dit à Mila on est déjà deux par lits de 65 cm, trois parfois, il y a eu un convoi hier vers des Kommandos extérieurs et ça a fait de la place mais regardez, c'est plein comme un œuf. Le choléra c'est elles, les 35 000 ajoutées au nombre. Venez, dit la femme, on va vous trouver un coin, et quelques-unes la suivent, dont Lisette et Mila.

La femme les conduit au fond du dortoir. C'est rempli de Françaises. Elle dit une place ça se garde, parce que ça se vole. Tous les jours il faut trouver un lit, tous les jours ça recommence. Et ne laissez rien sur le lit, ni brosse à dents, ni vêtements, rien nulle part, tout attaché sur vous, tout se vole. Tout. Et va falloir trouver de la ficelle.

Mila, Lisette et d'autres femmes s'assoient sur le bord des paillasses tandis que le froid de la nuit monte. Les femmes s'épouillent, se soufflent un peu d'air tiède bouches collées contre les omoplates. Leurs voix soudées forment un espace à part, provisoirement isolé du reste du dortoir.

— Moi, pendant l'Appell je regarde les étoiles. Je les relie comme les points d'un dessin magique, ça fait des formes, je vois le char, je vois les chevaux, je vois le lion.

— Moi je pense aux recettes, les sucrées surtout.

— Moi je dis des poèmes.

— Moi rien. J'essaie de ne pas penser.

— Moi aussi je suis dans les recettes de cuisine, le lapin chasseur tiens, et une bonne purée écrasée au beurre.

— Ou le paris-brest. Avec crème et noisettes.

— Moi je fixe le ciel, les couleurs, j'ai jamais vu de levers de soleil pareils.

— Moi non plus. Il est beau le ciel ici. C'est triste.

— Moi je chante dans ma tête.

— Moi je pense à ma fille. Je voudrais retrouver sa voix. J'essaie de m'empêcher mais je peux pas.

— Tais-toi.

— Moi j'ai trop mal. Je pense juste à ne pas tomber. Tombe pas, tombe pas Georgette.

— Moi je révise l'allemand, ce que j'ai appris la veille avec Marianne.

— Moi j'écoute. Il y a des oiseaux en ce moment, je sais pas quels oiseaux, mais c'est joli à entendre.

— Moi ça dépend. Je ne décide pas, des fois j'ai des pensées douces, je pense à quand je vais retrouver mes enfants, et mon mari, tout ça. Des fois la même pensée me poignarde.

— Les Américains vont débarquer, on le sait, c'est une question de jours.

— Et ta sœur.

— On les a vues les bombes, on les entend pas loin, les Russes avancent, c'est sûr.

— Et ta mère elle fait du trapèze ?

— Moi je ferme un peu les yeux, j'essaie de sentir des choses. L'air frais. Le soleil qui chauffe tiède. Comme chez moi, dans le Berry.

— Moi j'ai peur de chier ma diarrhée, je serre les sphincters.

— Moi je fais des équations.

— Et aussi une entrecôte, bien saignante, et des frites croustillantes, et de la moutarde forte.

— Des fraises chantilly…

— Des œufs cocotte…

— Vos gueules!

— Oh merde, ça me fout des crampes.

— Tu mets du vinaigre dans les œufs cocotte?

— Ma mère est malade. Enfin était. Je ne sais pas maintenant. Pendant l'Appell je pense à ma mère, je prie qu'elle m'attende.

— Tu pries qui?

— Moi aussi je prie. Et toi Lisette?

— Je me vois rentrer par le train à Paris gare de l'Est, retrouver les camarades, l'usine, voilà.

— Tu rêves.

— Moi j'aimerais bien croire en Dieu.

— Les Boches sont foutus de toute façon, un jour ou l'autre.

— Et toi, Mila?

— Moi, dit Mila, je code. Comme je faisais avant, des messages codés en partitions de musique.

— Tu codes quoi?

— Tout. Ce que je vois, fleur, arbre, prisonnière, ce que je sens, ce que j'entends, parfois des paroles de chanson.

— Un poulet basquaise, avec des poivrons fondants…

— Et du cidre, ah du cidre.

— Mila, ça ferait quoi ah du cidre avec tes codes?

— Do sol mi♭ sol# ré sol# mi♭ fa mi.

— Ce matin, une coccinelle s'est posée sur mon épaule presque toute la durée de l'Appell.

— Et hop asphyxiée par les fumées du crématoire!

— Une coccinelle, Mila?

— Ré ré ré ré sol# do# mi si si mi.

Mila ne dit pas que pendant l'Appell elle cherche des femmes enceintes. Qu'elle cherche, bien qu'en effet, elle s'applique à coder tout ce qu'elle voit, comme elle le fait déjà depuis l'arrestation, depuis la prison, Fresnes, Romainville, c'est devenu un réflexe. Par les tuyaux de plomb Brigitte disait t'endors pas, fais marcher ton cerveau, petite. Alors Mila codait, des heures codait, codait dans sa cellule, codait pendant les interrogatoires et ils pouvaient frapper elle ne perdait pas complètement le fil, ça la tenait droite malgré la douleur aux mâchoires et l'arcade éclatée, elle codait, un clavier dans la tête, deux octaves et demie de touches blanches et noires, vingt-six touches, sur lesquelles elle se déplaçait comme dans l'alphabet, do pour A, do# pour B, calquant l'image sur la fenêtre, le carré bleu et vide, n'importe quel mot, même ceux qu'ils prononçaient, parle! ré# do fa si mi, codait la tête maintenue sous l'eau, codait encore claquant des dents, codait pour se taire, codait pour ne pas gratter au sang sa peau dévorée par les punaises, codait pour se donner une colonne vertébrale solide et simple, et, traquant en secret les ventres, les bébés, pendant l'Appell elle code encore. Coder c'est être dehors. Être à Paris. Être rue Daguerre sous le halo de lampe derrière les rideaux tirés, avec plume, encre et portées vierges. Être au magasin de musique. Aller chercher Mathieu à la sortie des Deux Canards. Être libre. Pas enceinte.

— Moi je vais plus à l'Appell, je reste dans le toit.

— Moi je suis le trajet de l'air à l'intérieur de moi, millimètre après millimètre.

— Chut.

Pour la première fois depuis la marche de nuit entre la gare de Fürstenberg et Ravensbrück, Mila voit le lac en plein jour. La longue colonne de femmes a franchi les barbelés du camp zu fünft, elle se dirige vers la voie ferrée, vers les wagons à décharger, a dit une prisonnière. Voici le lac, le clocher pointu, les arbres, les roseaux, carte postale bucolique gobée comme un piment par les yeux des prisonnières affamés de beauté, les yeux d'ordinaire pleins de visions abjectes, crampes, coups de schlague, morsures de chien, glaires, anthrax, furoncles, érysipèle, typhoïde, tuberculose, sang, pus, gangrène, soudain levés, posés, ces yeux, sur la verdure amène et sur l'eau lisse et c'est presque trop, consolante brûlure. Voir des fleurs, pensées et salvias rouges. Voir des feuilles. Voir des lombrics dodus sortir de terre roses comme des bouts de lard. Voir les canards se dandiner, les cochons gras se rouler dans la poussière, et plus loin, le potager SS où sous la terre mûrissent des carottes sucrées, des haricots, des fraises encore blanches, toute la vie grouillante et elles, les prisonnières, schneller, pas touche. Voir chaque jour cette toile d'araignée mouillée de rosée entre deux tiges d'iris, son frémissement accrochant la lumière. Voir le lac, les arbres, les papillons comme au cinéma, une projection visuelle, sans consistance : inaccessible. Et le lac, son eau fraîche et fausse, mirage de lac.

Ce serait si bon de boire. Boire et garder l'eau pour une fois, car à cause des nausées tout s'en va par la bouche de Mila comme c'est entré : le bouillon, le café. Les vomissements rejettent le peu de nourriture absorbée, une petite masse liquide où nagent un ou deux morceaux de légume plus le pain. Il ne faut pas boire l'eau du Waschraum à cause des maladies, de la typhoïde, de la dysenterie qui prolifèrent dedans, ont dit les Françaises, alors Mila s'abstient.

Mais l'eau du lac, sombre et immobile, cette eau appelle la bouche. Ne pas regarder l'eau. Pas touche.

Les spasmes recommencent. Est-ce que l'estomac dur est comme une pierre dure ? Est-ce que ça pèse sur l'enfant ? Sur sa tête ou ailleurs ? Est-ce que ça le comprime, l'oblige à se ramasser, l'écrase ? Elle a déjà tenu des bébés dans ses bras, elle sait que le dessus de la tête est mou, les os pas refermés, peut-être ça se déchire comme une peau de lait ? Est-ce qu'elle vomit ce qui nourrit l'enfant ? est-ce que l'enfant meurt de ces vomissements ? Hier Lisette a demandé tu es certaine, Mila, tu es enceinte ? Mila a dit je n'ai plus mes règles depuis quatre mois. Et soudain elle doute. Tandis que la colonne avance, des centaines de femmes longeant le lac, Mila voudrait bien parler à Brigitte, comme à Fresnes, la bouche dans le tuyau, Brigitte, explique-moi. Voudrait demander à Brigitte comment être sûre. Si ça suffit de vomir et de ne plus avoir ses règles. Et si l'enfant était mort ? Mila a soif, tellement soif, est-ce que l'enfant a soif aussi, est-ce qu'il se dessèche ? Et dans ce questionnement sans fin, cette ignorance chaque jour renouvelée, c'est moins de l'enfant qu'il s'agit – car à ce stade il n'est qu'un mot sans poids – que d'elle : est-ce qu'elle peut mourir, elle, dans ce camp, d'avoir un bébé mort dans le ventre ?

L'Allemagne a pillé toute l'Europe, et entassé le butin pêle-mêle dans des wagons. Il y a des revues en allemand, en tchèque, en polonais, on décharge des médicaments, des gazinières, des tableaux, des verres en cristal, des rouleaux de toile en coton, des fourchettes et des armoires Louis XV, des chapeaux de femme. Devant les hangars s'empilent des monceaux de vestes en fourrure, de la vaisselle, des chaises. On ne peut pas s'empêcher d'y voir des gens assis, des gens manger dans les assiettes, des têtes de femme sous les chapeaux. Mila décharge des caisses de livres. Monter dans le wagon, saisir une caisse, soulever la caisse, d'abord debout en courbant le dos, accroupie finalement, sur le modèle des autres femmes, pour préserver les reins, puis chaque fois se relever en serrant les abdominaux, le haut du corps vidé de sang, avec la sensation du précipice au bout des semelles. Attendre, la caisse tenue au niveau des hanches, que le vertige de faim se dissipe, que les taches fondent devant les pupilles, passer la caisse à Lisette debout dehors, qui la remet à une troisième, recommencer. Gagner quelques secondes quand l'Aufseherin s'éloigne, quand elle tourne la tête, quand elle parle à une autre, quand elle parle à son chien. Espérer ce relâchement d'attention entre deux caisses, pour suspendre un instant le mouvement. Est-ce que l'enfant étouffe sous le béton du ventre ? est-ce que ça le brise comme ça fracasse les reins ?

La nuit est pleine de toux, de ronflements, de bruits de succion et de corps qui se vident au Waschraum et aussi, sûrement, d'une paillasse sur l'autre, en un lent goutte-à-goutte. Mila et Lisette s'allongent tête-bêche, les chaussures sous la nuque, les pieds évitant le visage, le visage évitant les pieds. Ces pieds n'ont plus d'odeur dans la puanteur de l'ensemble : transpirations ; pourriture des chairs ouvertes ; merde collée aux vêtements à cause de la dysenterie ; merdes séchant sur le pourtour du Block où, faute de pouvoir attendre devant l'unique trou, les prisonnières finissent par s'accroupir plutôt que de se faire dessus. Mila serre contre elle le bout de ficelle rapporté des wagons aujourd'hui, caché dans un ourlet de manche. Demain, percer la brosse à dents et la boîte de conserve qui sert de gamelle pour les attacher à la robe. Mila a froid, Lisette a froid, elles tremblent l'une contre l'autre, une vibration continue, énervante, qui empêche de dormir. Les femmes des paillasses du bas chuchotent.

— Moi je rêve de mon homme.

— Tu viens d'arriver. Attends un peu la faim. Tu rêveras de manger.

— Et puis un jour tu tombes les os brisés sur ta paillasse, et tu t'enfonces dans le sommeil comme la pierre dans l'eau. Moi je ne rêve plus.

— Et moi je dis vos becs, les mouettes.

À un moment, Mila dort, ou presque, suffisamment pour quitter les bruits de bouches et de corps et entrer dans le rêve. Mila voit sa mère assise au piano, le vieux piano familial aux touches jaunes installé dans l'entrée. Mila regarde sa mère jouer, les très longs doigts de sa mère tricoter le clavier. Il faut voir ces mains, parfois la mère projette sur le mur l'ombre de ses mains mêlées, elles forment des oiseaux longuement ailés, toute une volière de cygnes, de flamants roses, de goélands. Dans le rêve, Mila pose ses mains sur les mains de sa mère, comme elle faisait, petite, et sa mère les porte à la manière dont on danse parfois, les pieds sur les pieds d'un autre. C'est une valse des mains et une vraie valse de partition, les mains dansent guidées par la mère qui déchiffre et Mila sent les tendons bouger sous sa paume, les phalanges mouvantes, sa mère est malade et ces mains sont vivantes. Jusqu'à ce que les touches mordent les mains maternelles. Un ruban de dents carnassières détaché du piano dérive vers la fenêtre ouverte. Tire la mère vers la fenêtre. Se jette dans le vide avec la mère.

Au réveil, Mila a l'image du piano déchargé hier d'un wagon de pillage. Un piano clair semblable au piano de l'entrée sur lequel jouait sa mère. Il a fallu cinq prisonnières pour le descendre du wagon et le poser debout parmi des violons, des violoncelles, des hautbois, des tubas couchés par terre, des flûtes en tas étincelant, dont les formes ont ressuscité des corps d'hommes et de femmes, de pianistes, de violonistes, de violoncellistes, de tout un orchestre fantôme quelque part en prison maintenant, ou dans un camp, ou morts, et le corps de la mère morte. Sans doute le piano a rappelé à Lisette l'image de sa tante au piano, elle est alors Maria, et Mila sa cousine Suzanne, puis l'image de sa tante couchée sur le pavé et de la main d'adulte d'un coup plaquée sur ses yeux. Et en rafale des flashs de ce qui a suivi : le cercueil fermé dès la morgue ; la robe rouge insolente de Suzanne à l'enterrement, rouge la couleur fétiche de sa mère ; l'arrivée de Suzanne et de son frère pour l'été dans sa maison à elle, à Mantes, un jour de canicule, leurs mains serrées toutes les nuits dans le grand lit à deux places qu'ils se partagent à trois, pour tenter de s'endormir. À un moment la pluie est tombée sur le piano. Mila a regardé la pluie rouiller le métal par avance, par avance gonfler et faire éclater le bois, schneller, du Sauhund, du Schweinerei! Le piano encore neuf avec son vernis lisse, en apparence intact, déjà pourri. Il faudrait l'achever à la hache.

Dans un autre rêve, Mila recolle les morceaux du corps de sa mère, un puzzle de chairs dispersées sur le sol. Elle place les bras, les jambes. Elle bute sur la masse des viscères, pièces de l'intérieur, rubans roses et rouges de muqueuses et de peaux non identifiés. Elle voudrait bien savoir comment ça se place, elle cherche le mode d'emploi dans toute la chambre sans le trouver. Sa mère n'a pas laissé le mode d'emploi. Mila fixe le corps inerte, comment c'est possible que tu aies oublié de me laisser le mode d'emploi ? Elle insulte sa mère, elle ne sait pas comment c'est fait un ventre de femme, elle jette les viscères pêle-mêle dans le trou du ventre. Oh, le ventre, la grande lacune du dedans. Elle a su, pour l'Allemagne ; tout le reste elle l'ignore.

Puis c'est le camp qui entre dans les rêves. Chaque nuit répète le jour, le jour traversé deux fois, donc, revécu la nuit, et chaque journée nouvelle semblable à la précédente. C'est à perdre toute notion du temps, de ses ruptures dans le monde du dehors, en dehors du camp, le camp est une journée sans fin qui dure toute la nuit et tous les jours qui suivent, une longue journée sans coutures infectée par des images de mort.

D'abord, l'image des premiers cadavres. Ça se passe la nuit. Mila se lève dans le noir, bute contre les châlits, contre les jambes, les bras débordant des paillasses, suivie d'une pluie d'injures. Elle va vers le Waschraum avec une atroce envie d'uriner, longtemps retenue à cause de la fatigue, de l'effort à déployer pour se mettre debout. Elle avance chaussures à la main, brosse à dents autour du cou, gamelle à la ceinture, les photographies de son père et de son frère dans sa chaussette gauche, courbée et contractant les muscles pour être sûre d'arriver jusqu'au trou. Par terre, la colique des femmes qui ne tiennent pas. Elle croise d'autres spectres marchant à contre-sens, à ras de sol, silencieux. Elle entre dans le Waschraum. Tout de suite elle voit le tas de corps sur le carreau. Yeux ouverts, mâchoires ouvertes, seins et pubis offerts. Pas ici ce matin, donc cadavres de la nuit. Déjà nus, dépouillés. Un cadavre a glissé du haut de la pile, il gît en équilibre sur l'épaule et la hanche, un bras et une jambe raides ouverts à 45° comme les branches d'un compas. Dans le courant d'air les cheveux bougent, doucement, caressent la joue. Une mèche sur la peau grise, tremblante, qu'on glisserait volontiers derrière l'oreille d'une petite sœur, d'une amie, un geste tendre et sous le doigt la peau tiède aux veines battantes. La peau tendue découvre les dents, la langue dans la bouche. Jusqu'à ce jour pour Mila, la mort était propre, invisible, scellée sous bois de pin comme le corps de sa mère. Une femme entre dans le Waschraum, retourne la morte dégringolée visage vers le sol et fouille ses cheveux. Soulève un autre cadavre. Un rat détale. Mila serre ses chaussures contre son ventre. La femme dégage un corps, tâtonne, ne trouve rien. Soupire. Puis se masse les pieds, yeux dans le vide, assise sur le tas de mortes.

Ensuite il y a l'image de Louise, une prisonnière française, devant le tabouret, la petite blonde qui traçait des croix de Lorraine sur les murs du lycée, et lâchait des tracts par les sacoches ouvertes de sa bicyclette à la nuit tombée. Louise fixe un de ces tabourets où s'est tenue sa mère aux cheveux gris, tricotant des chaussettes douze heures par jour, comme les autres "cartes roses", femmes dispensées de travail physique. Louise écoute la prisonnière assignée au Revier où sa mère est entrée la semaine dernière, jambes purulentes et brûlante de fièvre. La prisonnière dit qu'une sélection a eu lieu cette nuit au Revier et à la chambre des folles. Combien de femmes? demande Louise. Cinquante, dit la prisonnière, emportées par camion. Tu as vu ma mère? Oui. Elle a su ce qui arrivait? Forcément. Et Mila pense voilà, c'est ce qu'on appelle mauvais transport. Transport noir. Tiens, Louise, dit la prisonnière, je t'ai rapporté sa gamelle. Louise prend la gamelle, la fixe. Elle murmure : quand les robes reviendront, dans quelques jours, je veux qu'on me laisse son numéro.

Il y a aussi l'image des enfants dans l'allée. C'est dimanche, jour de repos dans le Block saturé de femmes. Cinq enfants, Lisette les pointe du doigt, elle dit Mila, regarde. Ils sont peut-être plus nombreux, mais Mila voit ces cinq-là, à vingt mètres du Block, jouant aux billes avec des cailloux. Des jeunes enfants, six à huit ans peut-être, deux filles et trois garçons accroupis sur leur ombre, les mains blanches de poussière. Ils lancent des cailloux tour à tour puis les ramassent, et recommencent. Ils ont des joues, et pour jambes des cannes, la tête trop grosse pour la carcasse où on cherche une place pour les organes, sûrement pas plus gras que ceux d'un chat. Si bien qu'ils semblent des silhouettes de foire au visage troué, pour qu'on puisse y passer la tête avant de se faire photographier. Le corps devance le visage, le précède dans la mort. Un garçon gifle une petite fille. Il hurle du Sauhund!, puis aux autres enfants zu fünft! et tous se mettent en marche vers les Blocks.

Il y a l'image de Lisette rétractée au réveil comme une araignée écrasée. Je vais faire sur moi, elle dit.

Le Block fourmille, on sert le café. Je vais t'aider, dit Mila, on y va ensemble. Lisette secoue la tête, je peux pas. Viens. Il y a la queue là-bas je ne peux pas rester debout, j'ai essayé cette nuit, je suis dégoûtante. Mila tente de déplier Lisette, de l'asseoir mais Lisette résiste, laisse-moi. Lisette doit se lever, c'est l'heure de l'Appell, si tu ne vas pas à l'Appell tu vas au Revier, et au Revier tu postules pour finir comme la mère de Louise. Ta gamelle, dit Mila ; débrouille-toi avec ta gamelle, on la nettoiera. Et Mila pleure au-dedans, et chante, pour couvrir les bruits du corps de Lisette.

Il y a aussi les flammes du crématoire, comme un grand tabernacle, pense Mila, qui se rappelle la petite lumière rouge allumée sur l'autel, indiquant la présence d'hosties consacrées, du corps de Jésus, on lui avait dit. Enfant elle croyait, croyait croire, imaginait un vrai corps là-derrière, et la communion l'effrayait comme un acte cannibale. Tous les jours des corps brûlent au crématoire du camp, signalés par la flamme rouge, vrais corps, vraies chairs dévorés par la grande Allemagne.

Il y a enfin le tas de chair qui fut Marianne. Marianne à l'Appell, à gauche de Mila, genoux fléchis. Vacillante après les coups reçus la veille dans ses tibias parce que faute de lacets, elle a perdu une chaussure en marchant. Sur la place d'Appell Marianne inspire, elle cuirasse ses jambes malgré la douleur. En bloque les articulations. Elle serre les lèvres dans l'effort, plisse les yeux pour tenir. Elle tient, vingt secondes. La jambe tremble, la position s'effondre. Marianne se redresse. Plie. Se redresse encore. Dix secondes. Fléchit. Se redresse, fléchit plus vite. Le mouvement-ressort attire le regard d'Attila au milieu de l'allée, la blonde femme au fouet. Elle glisse entre les rangs, silencieuse, anguille à travers la vase et lentement, sûrement, le fouet traînant à son côté en une mince vipère, elle approche. Marianne mord ses joues. Laisse venir Attila. Et juste avant que le visage d'Attila soit visible, que Marianne apparaisse de front à Attila, elle durcit le genou, droite et soudain solide sur ses tibias noirs, immobile, les yeux rivés à un point loin devant. Attila se plante devant Marianne. Mila code des supplications pour que Marianne résiste, une formule magique, avalanches de notes muettes. Marianne tient. Elle dure. Ne cille pas garde les yeux secs. Regarde la cime du pin éventrant le soleil. Ou la libellule aux ailes vibrantes. Ou la nuque diaphane de la fille devant, les renflements des premières vertèbres. Elle compte peut-être, lentement, une seconde après l'autre, cherchant à dépasser la minute, tenir jusqu'à ce qu'une autre femme attire l'attention, un doigt non aligné, une coulée de merde le long de la jambe, un murmure. Attila esquisse un sourire. Elle a le temps. Le soleil tourne, frappe l'oreille de Marianne. Une mouche bourdonne. Attila sourit franchement car ça ne va pas tarder. Un hennissement au loin. Une nuée de pollen. Et ça y est, Marianne éternue, ses jambes cèdent. L'os craque, le sang gicle du nez de Marianne, pisse sur la robe et dans la poussière et Marianne gémit, se redresse à nouveau, les genoux pliés à angle droit comme une femme prête à s'asseoir, étouffant dans le sang qui obstrue sa gorge mais debout, encore. Coder des prières folles, serrer les mâchoires, ne pas pouvoir soutenir Marianne, ni se détourner, ni fuir, ni boucher ses oreilles, ni pleurer, ni hurler, ni vomir, maintenant Attila baisse les yeux, voit les chaussures de Marianne nouées de vrais lacets volés par Mila aux wagons de pillage, alors jubilation sur son visage : chaussures bâillant la veille donc coups dans les tibias, lacées aujourd'hui donc larcin donc coup à la tempe, voilà, la main se lève pleine de sève, s'abat, du Dummkopf! dans les côtes, du Scheisse, französische Scheisse! dans les reins, du Schuft! la botte fracasse en conscience, corps de femme brisant un corps de femme, sachant ses faiblesses, du Schwein! frappant les seins, du Sauhund! le bas du ventre, frappant entre les jambes, frappant, du Unrat! au-delà du supplice du Stück et pour sa propre jouissance, le corps déjà inerte, déjà mort.

Des femmes se hissent, comment font-elles, au-dessus de la terreur, sûres de la victoire et fortes de la justesse de la cause. Mila en a connu de semblables à Fresnes, des qui chantaient la Marseillaise à pleins poumons les mains accrochées aux barreaux quand un peloton conduisait des hommes au poteau, et parmi eux elles avaient un frère, un père, un fils, un mari. Des qui ciraient leurs chaussures avec des peaux de saucisson rescapées d'un colis, soucieuses de dignité lors des interrogatoires dont peut-être elles sortiraient mutilées à jamais. À Ravensbrück, des femmes volent des gilets aux wagons de pillage. Dissimulées à l'intérieur, elles tracent, clandestinement, de grandes croix de peinture semblables à celles qui marquent les vêtements fournis à l'entrée dans le camp, une peinture elle-même volée, organisée, comme elles disent, dans un déchargement précédent. Voler un gilet. Un gilet pour avoir chaud. Avoir chaud pour durer. Pour vivre plus longtemps. Croire que vivre plus longtemps est possible. Se projeter, donc, dans un avenir de gilet chaud. Faire fi des coups promis au sortir des trois fouilles en cas de repérage, vingt-cinq à soixante-quinze selon la gravité du vol, à cinquante tu as déjà toutes les chances de crever, rate, foie, reins, intestins éclatés. Ne pas penser au châtiment, à la douleur, s'élever au-dessus du climat de mort, être dans la laine chaude du gilet, y croire. Voler, donc, pense Mila, voler contre la mort.

Il y en a qui volent du savon, mourir pour du savon, ou bien croire à la vie assez pour ne pas imaginer mourir et profiter du petit morceau gras, odorant, mousseux, qui chasse les odeurs et éclaircit la peau, 5 cm³ de luxe, cinquante coups à cause d'un quart de pain de savon sur le moment elles n'y songent pas.

Voler une épingle, un mouchoir, de l'aspirine, les cacher dans la bouche, dans la culotte, dans un ourlet de jupe, dans la masse des cheveux, croire que le risque en vaut la peine ou que la mort n'est pas pour soi. Voler. Voler et aussi, saboter. Penser à desceller les touches du piano, à laisser le piano prendre la pluie parmi les cuivres et les instruments à vent, penser à la rouille, à l'éclatement du bois qui rendra le piano inutilisable pour les Allemands, et ajuster, en riant au-dedans, la belle bâche protectrice sur un tas de vaisselle bourgeoise qui n'en a pas besoin. Cette joie des vivantes parmi les mortes, bousiller un piano d'Allemand comme d'autres sabotent des pièces électriques, des vêtements dans les ateliers de couture ou de Siemens, ne pas renoncer au mouvement et poursuivre la lutte, peindre des croix sur des gilets de laine, glisser des tournevis sous des touches d'ivoire, exposer un piano à la pluie, qu'elle y pénètre fort.

Et même, fascination de Mila pour cette femme qui la dépouille un soir au Waschraum. Mila vient de rincer sous un filet d'eau froide ses chaussettes durcies par la crasse. Elle les essore, les pose au bord du lavabo et recueille dans le creux de ses paumes de l'eau pour son visage. La queue est longue, les femmes poussent, Mila ferme les yeux un instant et fait glisser ses mains mouillées du front au menton. Quand elle les rouvre, les chaussettes ont disparu. Il y a quelqu'un pour voler des chaussettes au mois de mai. Quelqu'un qui croit arriver à l'hiver et voudrait des chaussettes en plus. Une femme anticipe de vivre jusque-là. Ou imagine échanger les chaussettes contre de la nourriture. Prévoir, échanger, mouvements de vie, la vieille sagesse, le petit commerce en forme de troc pour garantir les besoins de chacun ; elles en sont là encore, ces femmes.

Et puis celle-ci, surtout, qui fait fondre son bout de margarine entre ses mains serrées, puis en étale la pâte sur son visage, lentement, comme une crème de beauté, 10 g qui valent une chemise ; pour être belle, après, dit-elle, quand je sortirai.

Mila pense : ce qu'ils feront de nous, je le sais. Nous mourrons toutes ici, je mourrai, si ce n'est par le travail c'est par la faim, ou la soif, ou la maladie, ou l'empoisonnement, ou la sélection, ou la balle dans la nuque, ou par l'enfant que je porte, et si rien de tout ça, morte quand même, dans l'extermination finale. Ravensbrück c'est la mort certaine, pas immédiate, pas celle des chambres à gaz que des prisonnières non juives droit venues d'Auschwitz ont raconté avec effroi. Car qui a vu ce que nous voyons parlera. Dira ce qu'il a vu. Ses yeux cracheront les images, sa bouche, son corps, tout en nous vomira ce qu'ils ont fait et ce que nous ne pouvons pas imaginer encore, et c'est pourquoi nous sommes déjà mortes, quelle que soit la fin de l'Histoire, mortes pour nous taire. Ravensbrück, a dit Marianne, veut dire pont des corbeaux. Les corbeaux se perchent sur les toits des Blocks et des bâtiments SS dans le rose du soir, tous les soirs. Les corbeaux se nourrissent de déchets et de cadavres. Ils nous attendent. Il n'y a pas un bébé dans ce camp, pas une mère parce que mettre au monde c'est mettre à mort. Alors se détacher de l'enfant. Tout de suite. L'ignorer désormais comme tout ce qu'on ignore au fond des corps, quand par exemple on n'a pas eu de mère, ou même lorsqu'on en a eu une, toutes ces pièces étranges et molles entassées au-dedans dont on ne connaît pas les formes, l'aspect, faire de l'enfant un viscère supplémentaire, un bout d'intestin, d'estomac, organe digestif non doué de vie propre, tout de suite le deuil de l'enfant condamné comme nous toutes.

Qu'on ne dise pas à Mila que rien ne vaut la vie.

III

Ça se voit. Mila le voit, toutes elles le voient, malgré les robes ou à cause d'elles, qui flottent sur les épaules étroites, tombent droites sur les poitrines fondues. Ça se voit que le corps affamé puise dans ses réserves. Absorbe sa propre graisse à défaut d'apport extérieur, pompe toute chair jusqu'à l'os. Il se mange, mord le gras des bras, des cuisses, des fesses, des seins : des dents, des langues invisibles usent les parties molles, les sucent, les aspirent, les lèchent comme une glace, les érodent jusqu'à ce que la peau se réduise à une soie ultra-moulante, épousant parfaitement la hanche, la clavicule, les côtes, au bord du déchirement. Mila sent les tibias, les rotules de Lisette contre elle chaque nuit. Et ce n'est que le début. Dedans, sûrement, les organes se rétractent comme des figues sèches. Le corps s'avale. Se digère. Mila se demande si une forme d'enfant va apparaître sous la peau de son abdomen, si ça va se voir un jour, à l'occasion d'une visite chez le dentiste par exemple, nue dehors sous le regard des SS, cette chose épousée par le ventre, à la façon du sac plaqué sur les corps des chatons noyés par son père. Cadavres, en tout cas.

Le corps rejette une urine claire, des selles liquides, du pus, s'écoule par les plaies, furoncles perçant la peau, fluides échappés des écorchures de gale, des morsures de pou, d'égratignures infectées, glaires épaisses sorties de la gorge. L'avitaminose ouvre les mollets comme la peau d'un kaki trop mûr, blessures au mieux bouchées par du papier gaufré, on ne trouve rien d'autre au Revier. Tu colles le papier sur la plaie, le papier devient ta peau de rechange, si tu le retires tu arraches tout, la croûte ou le voile à peine formé qui couvre le trou, fine peau de flan, et ça pisse hors de toi. Tout ce qui sort pue, est pourri. Tu te dévores et tu te vides. Mila regarde sa jambe gauche, qu'elle ne peut tendre sous peine de rompre la membrane formée par-dessus l'entaille d'il y a trois jours, quand aux wagons de pillage elles ont exprès laissé tomber des caisses de vases arrivés de Tchécoslovaquie, oh le bruit cristallin, bruit de cascade, le soleil miroitant dans les milliers d'éclats répandus sur le quai qu'il avait ensuite fallu ramasser à mains nues sous les coups de schlague et fzzz, un jet de sang sur les reflets diamant.

Hormis la merde, l'urine, le pus, le corps s'économise : il stocke le sang. Lisette n'a pas ses règles, Georgette n'a pas ses règles, ni aucune des Françaises du Block. Ni les Polonaises, ni les Tchèques, les anciennes le disent, au bout d'un moment personne n'a plus ses règles au camp : la muqueuse est sèche. Tout le sang va aux fonctions vitales, artères, veinules, veines irriguant le cœur, chaque goutte utile. Les femmes n'ont plus de sexe, à seize ans comme à soixante.

— Moi c'est arrivé dès le premier mois. J'ai cru que j'étais enceinte.

— Moi aussi, et j'ai eu peur, tu te rends compte, être enceinte ici.

— Moi je suis vierge, je ne comprenais pas.

— Et on n'avait pas de protections.

— Moi je me posais pas la question, j'ai cinquante ans.

— Moi je les ai eues deux mois, ça me coulait le long des jambes.

— Tu es restée plus longtemps vivante alors.

— J'ai mis des feuilles d'arbre dans ma culotte.

— Moi j'ai vu une femme enceinte.

— Et?

— Rien. À la visite médicale le docteur a dit vous êtes enceinte, c'est tout. Je ne sais pas où elle est.

— De toute façon y en a eu, forcément.

— Et puis les putes des Boches.

— Moi je trouve que ça vaut mieux que les règles s'arrêtent, ce serait dégoûtant.

— Tu crois que ça va revenir quand on sera sorties?

— Tu es drôle.

— Moi je veux des enfants.

— Mais oui tu en auras, tu es jeune.

— Maintenant plus tellement.

— Tu nous les brises.

— Tu les as encore, Mila?

— Non.

— Tant mieux. C'est plus pratique.

Remplir le corps, c'est l'obsession. Un bout de légume tombé d'une gamelle, souillé de poussière et de salive, ça se mange. Une épluchure jetée aux cochons, ça se mange. Les pensées violettes qu'on trouve parfois le long du lac vers les wagons de pillage, ça se mange. Et la pâtée des chiens devant les villas SS, des tranches de viande crue couleur framboise mêlées de bouts de gras, avec des grosses mouches vertes autour, ça se mange. Louise a volé de la viande dans la gamelle d'un chien. Le chien lui a mordu la joue, viande contre viande. Elle a reçu cinquante coups de bâton au Bunker. Louise a dit qu'après trente coups elle s'est évanouie, ils ont tâté son pouls, lui ont jeté à la figure un seau d'eau froide, l'ont traînée au Revier où elle s'est reposée deux jours. Ensuite ils lui ont administré les vingt coups restant. À soixante-quinze coups tu crèves toujours mais à cinquante tout n'est pas joué. Suspens. Le corps a tenu. La joue aussi, trouée, qui a triplé de volume.

Remplir le corps. Aux wagons, Mila et Lisette organisent des chiffons, qui deviennent une monnaie de mouchoirs, et avalent, pour franchir sans encombre les trois fouilles du soir, des petites pièces faciles à retrouver au Waschraum, la main sous l'anus : boutons, pendentifs, perles, échangées contre des aiguilles de pin ou des bourgeons de sapin rapportés par la colonne des bûcheronnes. Ça craque sous la dent, ça a un goût de vert, de sève, un peu amer, de médicament pour la toux ; ça se mange. Mila ne se nourrit pas pour vivre mais pour ne pas avoir mal : calmer son estomac vrillé, la mort atroce par l'estomac.

Les colis de France, Mila y a renoncé. Elle a envoyé à son père la carte autorisée, en allemand, je vais bien je t'embrasse, traduite par une prisonnière française, Ich gehe gut, Ich küsse dich, et la prisonnière a demandé : c'est tout ? Tu ne demandes pas de colis ? Mila pensait que la carte n'arriverait pas, et qu'un colis, comme avait dit Georgette, serait de toute façon pillé dès l'entrée du camp. Alors oui, c'est tout, merci.

Un matin Mila fixe sa tranche de pain. La tranche unique à mastiquer miette à miette. Elle la retourne dans ses mains, elle se dit : c'est ce qui nimbe le pointu de mes hanches ; c'est le quart de millimètre de peau sur la hanche de Georgette qui permet de distinguer une femme d'une carcasse. Ce morceau, là. Souvenir effrayant des messes de l'enfance : "Prenez et mangez, ceci est mon corps, livré pour vous." Le pain c'est le corps. Pour de vrai.

Maintenant elles sont assises sur la paillasse, Lisette peigne les cheveux de Mila, cherche les poux qu'on éclate entre pouce et index avec un bruit sec.

— Et ton ventre ? elle demande.

— Quoi mon ventre ?

Lisette rigole :

— Tu te fous de moi ?

— Chhhht, Lisette.

— Bon, alors, ça va ?

— Ça ne m'intéresse pas, on sera mortes avant.

— Fais-moi voir.

— Non, trop de monde, je ne veux pas qu'ils devinent, et je ne veux pas savoir si j'ai du ventre.

— Qu'est-ce qui te prend ?

— On fait comme s'il n'existait pas ce bébé, de toute façon il ne pourra pas vivre et moi non plus avec.

— Laisse-moi toucher, après juré craché je te fiche la paix.

— Vite fait alors.

Lisette passe sa main sous la robe, sourit. Retire la main. Mila regarde Lisette qui sourit toujours.

— Alors ?

— Je croyais que tu ne voulais pas savoir…

— Dis-moi!

Lisette hausse les épaules.

— T'as rien. Mon avis c'est que tu t'es trompée, c'est vide là-dedans! De toute façon, ce gosse, il mangerait quoi, tes tripes?

Cinq fois Lisette se lève dans la nuit et cinq fois se recouche tremblante. La sixième fois Mila ouvre les yeux. Elle guette le retour de Lisette, le bruit des pieds nus, qui rappelle tellement le grenier où elles dormaient, à Mantes, après le suicide de la mère, marchant sur la pointe des pieds pour qu'on ne les entende pas à l'étage du dessous. Paille dorée qui grattait sous les chemises, souris filant à toute allure le long des poutres et qu'elles échouaient à attraper, frissons de l'aube qui les serraient l'une contre l'autre, petites danses d'orteils tendres aux ongles noirs de la terre du dehors, et il fallait baisser la tête à cause du toit pentu. Lisette ne revient pas. Mila se lève, marche vers le Waschraum. Elle passe le tas de mortes, voit Lisette pliée en deux sur le trou des chiottes.

— Qu'est-ce qui se passe?

Lisette gémit.

— Oh Mila, ça ne s'arrête pas…

Mila s'approche, le sol poisse, s'agenouille devant Lisette, pose sa main sur le front en sueur et décolle les mèches de cheveux mouillés.

— Ça devrait s'arrêter au bout d'un moment, j'ai quoi là-dedans? Merde, j'ai quoi?

Une silhouette traverse le Waschraum, s'arrête, écoute. Mila baisse la voix:

— Touche, Lisette. Touche-toi. Montre. Viens près de la fenêtre, on voit rien.

Dans le clair de lune, les doigts de Lisette sont pleins de sang.

Le lendemain une fille donne à Mila un morceau de tissu. Elle dit c'est pour ton amie, qu'elle ne tache pas sa jupe, j'étais au Waschraum la nuit dernière et je vous ai vues. C'est la première fois que Mila entend la voix de la fille, un visage croisé presque chaque jour. Elle croyait la fille polonaise, elle l'est peut-être, elle a un accent très léger. Elle dit je m'appelle Teresa, je travaille à l'atelier de couture. Mila serre le tissu contre son ventre, fixe la fille, le bleu et le vert de ses yeux vairons, le tissu puis la fille. Alors la fille sourit, elle dit je n'ai pas vu ton amie cette nuit-là, mais je t'ai vue toi, la peur dans tes yeux ; tu ressembles à ma sœur.

Georgette en est sûre, cette fois Lisette a la dysenterie et à cause du sang ça se présente mal. Tu lui enlèves les légumes du bouillon, elle dit à Mila, tu les manges, tu lui laisses un peu de ta soupe. Faut qu'elle boive. Mila trie les rares fibres flottant dans le liquide et verse de son bouillon dans la gamelle de Lisette. Qu'elle mange son pain sec, tu entends, qu'il soit bien dur, si tu veux je m'en charge, je le mets au soleil pendant que je tricote, dit Georgette qui a une carte rose et passe sa journée au Block. Et Mila pense : si Georgette mangeait le pain ? Le perdait, se le faisait voler ?

— Pourquoi vous faites tout ça ? finit-elle par demander.

Georgette secoue la tête.

— Tu ferais pareil, non ? Et puis quoi, ça occupe.

Mila lui tend le pain. Lisette est épuisée, dort assise à peine rentrée des wagons de pillage et sa jupe est tachée de sang. L'Appell du matin est pour elle un supplice. Derrière le Block, Georgette a trouvé un bâton évasé en son extrémité comme une petite selle. Tiens, cocotte, elle dit à Lisette, tu mets ça sous ta robe et tu essaies de rester droite appuyée dessus ; te fais pas prendre. Aux wagons de pillage, Lisette porte des caisses vides, soutient du bout des doigts les meubles déchargés par d'autres, tout ce que Mila lui demande c'est de tenir debout, de donner le change.

De nouveaux convois arrivent plusieurs fois par semaine, dont des petits groupes de Françaises. Malgré les sélections d'après-midi et les retours des robes numérotées, malgré les transports noirs, on est maintenant à trois prisonnières par paillasse sur presque chaque châlit. Choléra disaient les anciennes quand les 35 000 sont entrées dans les Blocks après la quarantaine, choléra disent les 35 000 devant les arrivantes, certaines à voix basse mais elles le pensent comme les autres, même Lisette, même Mila, choléra qui squatte le Block, soixante centimètres de paillasse divisés par trois pour chaque femme soit vingt centimètres sur la tranche, heureusement Ravensbrück rabote les corps. Lisette et Mila ne sont que deux, paillasse de luxe. Lisette rebute toutes les candidates au partage : par-delà la puanteur familière, l'odeur de son corps, de ses vêtements, est infecte.

— Ils sont en France ! crie Marie-Paule en entrant au dortoir. Ils ont débarqué le 6 juin !

La nouvelle passe de bouche en bouche, de lit en lit, des sourires se dessinent.

— Je le savais que ça arriverait, depuis le temps qu'on le dit!

— Les Américains en Normandie! Ils sont foutus, les Boches!

Il y en a qui pleurent, sont frappées de stupeur.

— C'est encore un bobard ou quoi?

— Radio-bobard, radio-bobard!

— Tais-toi, laisse-la parler.

— Vrai de vrai, débarqués en Normandie, et ils avancent vers Paris! Depuis le 6 juin, je vous dis!

— Il y a trois semaines tu es venue nous annoncer la même chose…

— Vive la France!

— On nous a dit qu'Hitler avait été assassiné, une autre fois qu'il s'était suicidé, puis que l'Allemagne avait capitulé, et finalement : nada.

— Qui t'a parlé cette fois?

— Marie, la Schreiberin.

— Ah. Marie, quand même, elle connaît l'allemand.

— Elle est secrétaire.

— Elle a lu le Beobachter.

— Ce torchon nazi? Ils annonceraient le débarquement? Foutaises!

— Et puis il y a les Françaises arrivées hier. Je les ai vues en quarantaine, elles ont confirmé, ils ont débarqué!

— Nom de Dieu.

Mila écoute. Qui croire? Et puis qu'est-ce que ça change puisqu'elles mourront ici? De quoi se réjouir? Comme ce serait bon d'être avec elles, avec ces femmes qui croient si fort. Être comme elles. En elles. Être atteinte. Il y a deux jours Mila a vu une prisonnière en robe beige. La femme est passée devant elle, encore un peu grasse, sans doute nouvelle ou cantinière. Mila a stoppé net, la femme de derrière a buté contre son dos et la colonne s'est disloquée. Mila fixait la robe. La robe avec laquelle elle était arrivée au camp, elle, c'était sûr, sa robe de jeune fille vingt fois rapiécée pendant la guerre, l'ourlet allongé en liseré foncé au bas de la jupe, le dos maintenant barré d'une croix de Saint-André : c'était un signe de plus qu'elle ne sortirait pas d'ici, la robe confisquée, marquée au sceau du camp comme on cousait son nom au fil rouge à l'intérieur des blouses à la petite école. Que faire du 6 juin, de cette gloire distante.

Puis Mila voit Lisette assise sur la paillasse. Ses yeux creusés, le bleu autour. Sa Lisette de cinquante ans. Le sourire très léger, très doux de Lisette. Elle dit :

— Ils sont là, alors… tu vois, Mila, ils sont là.

Mila se force à sourire.

— Oui, Lisette, quelle nouvelle n'est-ce pas ?

Les Françaises entonnent une Marseillaise à se décrocher la mâchoire, et même Lisette épuisée, même Mila, le chant qui les a escortées de Fresnes à Romainville, de Romainville au train pour l'Allemagne. Mila regarde Lisette au fond des yeux, elle joue son rôle complètement, l'espoir aide peut-être à guérir. Elle serre fort la main de Lisette comme ce jour lointain devant l'entrée du camp qui n'avait pas de nom, la main de Lisette et une valise, seuls territoires connus, rassurants. Cette main c'est aussi la main de sa mère malade à qui elle rapporte des bonnes notes de l'école et ne montre que joie, joie des jeux avec les camarades, joie de la poésie sue par cœur et récitée avec entrain, joie du beau temps, joie de la pluie qui mouille, joie des longs cheveux peignés devant elle, joie des grimaces aux yeux blancs – langue tirée – nez en trompette pour l'entendre rire, joie des éléphants aperçus à la porte de Vincennes, du temple chinois, joie de la description des choses vues à la mère que même le piano fatigue, joie qu'elle croit pouvoir conjurer la souffrance dans le corps de l'autre, qu'elle veut transmissible, tiens, serre fort ma main, prends ma joie, maman, ne meurs pas, elle était morte quand même en se jetant du balcon mais elle avait duré, le médecin n'en revenait pas, plus longtemps que toute raisonnable espérance ; forcément, Suzanne y était pour quelque chose. Alors elle broie la main de sa cousine, se réjouit, suppliant au-dedans ne meurs pas, Lisette, et même, tremblant de honte, ne meurs pas *avant moi*. Mila ne rince plus ses vêtements en dépit de la sueur qui les raidit, des taches de boue, de soupe, de la puanteur du tissu là où il touche l'aisselle, la vulve, les pieds, parce qu'alors il faudrait se coucher, le soir, humide contre les jambes grelottantes de Lisette, aggraver sa fièvre et, de loin en loin, avancer sa fin, l'affreuse solitude d'après sa fin.

Dehors il fait un temps splendide. L'année dernière on dit qu'il a neigé jusqu'en juillet. Mais le ciel est clair en ce mois de juin, transparent, figé dans une éternité bleue de cobalt. Un temps à pique-niques. À baignades. L'eau du lac a des reflets de rivière, des formes sombres de gros poissons se meuvent au-dessous. Sur la rive d'en face des gens pêchent, immobiles. Comme tout ça est paisible, merveilleusement indifférent. L'araignée reprise sa toile entre les tiges d'iris, la même toile, mêmes iris depuis des semaines. Lisette chie ses tripes et l'image bucolique en dégradés de verts n'en est pas moins réelle.

Dimanche matin, l'Appell dure quatre heures. Ils ne tombent pas sur le bon chiffre et recommencent à compter plusieurs fois. Mila ne pense plus. Ne cherche plus à se distraire. Elle fait la stèle. C'est de l'attente pure.

De retour au Block, Lisette fixe Mila de ses yeux noirs : j'ai froid, si froid, il y a un hiver de trop. Georgette touche le front de Lisette, puis parle du Revier. Mila refuse, le Revier c'est mourir, elle l'a bien compris. Mais il s'agit seulement de prendre une aspirine pour faire tomber la fièvre. De toute façon, affirme Georgette, au Revier il n'y a que de l'aspirine. Par chance Mila a le front chaud, elle tousse et crache des glaires, elle pourra se faire admettre avec Lisette. Mets-toi au soleil, Mila, faut que ça brûle. On va faire grimper ta température, en dessous de 40 °C ils te renverraient au Block.

C'est une petite vieille que Mila soutient jusqu'au Revier, les muscles de son bras droit bandés à mort pour la soulever pas après pas, et le visage lisse en vue de gommer l'effort – qu'on ne devine pas que Lisette est une charge, une proie pour transports noirs. Lisette traîne les pieds dans l'allée, la poussière forme sur son passage de courtes suspensions jaunes. Mila supplie Lisette de lever les pieds, lentement mais lève-les, on voit que tu tiens mal debout, allez Lisette on y est presque, tu redresses la tête, tu lèves le pied. Lisette essaie, je vais faire sur moi Mila, Mila ne répond pas elle marche sans pause, tiens-toi droite. À l'entrée du Revier, Mila crache les glaires stockées dans sa bouche. Thermomètre : Mila, 40 °C ; Lisette, 41 °C.

Les femmes attendent par dizaines, debout, assises par terre, couchées. Ça gémit. Ça se gratte. Une femme a l'œil noir, il en coule du sang. D'autres patientent menton contre la poitrine, le cou cassé, ou tremblent sans discontinuer, couvertes de rougeurs et de pus.

— Dors Lisette, contre mon épaule.

— Mila, ils vont me tuer.

— Chhht, dors.

Lentement le soleil se déplace derrière la vitre, un halo pâle sous la couche de peinture bleue. De l'attente pure, encore, ponctuée de mouvements infimes, battements de paupières, soulèvements de poitrine, glissements de la tête de Lisette qu'il faut relever sans cesse, tache de bave qui s'élargit sur l'épaule. Le soleil disparaît au coin de la fenêtre. Maintenant Mila sait lire dans sa course, dire l'heure selon sa position dans le ciel. Elles sont là depuis quatre heures au moins. Quand Lisette se réveille, elle voit toutes les femmes autour d'elle, entend la mélopée de leurs souffrances et brusquement décrète : on s'en va. Mila retient son bras. Lisette tire à contresens, plante avec rage ses ongles dans la chair de Mila : on s'en va ou je leur dis que tu es enceinte. Une voix appelle, Nummer 37569 ! Nummer 27483 ! Mila dévisage sa cousine, hébétée. Dans les yeux fous de Lisette ce n'est pas la peur qu'elle voit, c'est une démente envie de vivre. Alors elle prend le bras de Lisette et elles rentrent au Block.

Georgette dit qu'à partir de maintenant une autre vie commence. Une partie de cache-cache : il faut planquer Lisette pour lui éviter le travail. Désormais, Lisette est entre les mains des cartes roses qui tricotent dans le Block, de leur silence. Entre les mains des Verfügbars, plus jeunes et valides, sans emploi, qui risquent chaque jour leur peau de bouches inutiles pour ne pas contribuer à l'effort de guerre allemand : elles monteront Lisette dans les poutres du toit, invisible, ou la glisseront sous une paillasse avec les rats. Entre les mains des camarades qui partageront leur soupe avec elle – pas d'Appell, pas de travail, pas de ration. Aux mains des bûcheronnes et déchargeuses de briquettes entre le lac et les villas SS, qui accepteront d'échanger du charbon dont on fera une poudre noire pour les intestins de Lisette. Aux mains de Mila aussi, tu apprends le nom des médicaments que vous trouvez aux wagons, dit Georgette, tu creuses un trou, tu les enterres, je te dirai si ça vaut la peine de les organiser. Aux mains de la Stubowa qu'on espère bienveillante ou aveugle et idiote, qu'elle ne voie pas, qu'elle n'entende pas, que les trous de ses yeux de ses oreilles se bouchent le temps de. Le temps de quoi ? demande Mila. Le temps qu'il faudra, répond Georgette. Comprendre : le temps que Lisette guérisse, ou meure.

14 juillet. Mila décharge des pots de peinture. Dadie siffle, c'est le signal. Bouche fermée, lèvres serrées, comme toutes les Françaises des wagons de pillage, Mila entonne la Marseillaise. Ce n'est même pas un acte de bravoure pour Mila. Faire comme les autres. Ne pas penser. Elles ont dit Dadie sifflera puis vous fredonnerez, c'est ce qu'elle fait. Elle se laisse guider, voilà. Un bourdonnement léger s'élève du quai, qui n'arrête pas la mécanique des corps, une bande-son greffée sur les gestes habituels, au tempo de la chaîne, au point qu'un temps la surveillante, sourde à l'infime changement sonore, poursuit sa conversation avec un SS, main sur la hanche, la laisse

du chien souple autour de son poignet. Soudain elle tend l'oreille. Elle voit les prisonnières à leurs postes, mêmes loques que la veille, répétant l'immuable chorégraphie de l'intérieur vers l'extérieur des wagons. Puis elle entend le chant. Ruhe! Ruhe! Elle distribue les coups au hasard. Mais rien n'y fait. Sous leurs coudes pliés, les prisonnières françaises encaissent les coups et achèvent la Marseillaise. De toute façon, qu'ont à perdre des condamnées à mort?

Au retour des wagons de pillage, l'ampoule de Cardiozol frotte contre le tibia déjà bleu de Mila. Elle l'a glissée dans les côtes de ses chaussettes tricotées par les cartes roses, la planque parfaite. Elle ignore si elle va retrouver Lisette, si les Verfügbars l'auront cachée encore une fois, si la Stubowa se sera tue, si le Cardiozol fera effet. Elle est fatiguée. Pourvu que l'ampoule ne casse pas. Sur la rive opposée du lac, une colonne est en marche. Jusqu'ici Mila n'avait vu de ce côté que des enfants et des pêcheurs. Les deux colonnes avancent l'une vers l'autre. Elles se rapprochent, les pieds frappent le sol en rythmes décalés. Le contre-jour détoure les silhouettes. Bientôt c'est certain, elles portent des pantalons. Ce sont des hommes. La colonne de femmes ralentit, schneller, Sauhund!, chocs de pieds d'hommes, chocs de pieds de femmes, ils vont se croiser quelque part. Les femmes s'arrêtent, observent la colonne. Les prisonniers passent, à distance de bras tendu, le pas lourd, la démarche traînante, las, et aussi, sûrement, avides d'étirer l'instant. Des hommes. Une trouée dans le temps, dans l'espace. Mila fixe l'un d'eux au hasard, à s'en tordre le cou. Garder un visage au moins, un seul. Schneller, Schweinerei! Elle énumère pour se souvenir : regard clair, doux, taille petite, chauve, nez fin, lèvres fondues, front large marqué de rides. Elle a le temps de voir ses haillons bleus, ses mains enflées, et cela surtout : les poils au ras de son cou. Des poils d'homme, émouvants à pleurer. Ils dépassent du col de la chemise, et contrastent tant avec les quarante mille reflets de soi qu'on ne voit plus, dont l'horreur indiffère. Cet homme avec ses poils d'homme elle le voit. Laid. Maigre. Souffrant. Oh seulement coudre un bouton à sa chemise pour qu'il ferme le col, qu'il n'ait pas froid. Il a peut-être deviné son reste de poitrine sous la robe, qui sait, des seins de femme, et alors lui aussi s'est souvenu de l'horreur, du chagrin qui l'accable, et a eu pitié de lui-même. La colonne s'éloigne, la marche reprend. Mila presse les paumes sur ses yeux, enfonce ses globes oculaires pour effacer l'image de l'homme. De larges taches noires flottent devant ses pupilles.

Au Block, Lisette est assise sur le lit, les yeux clos. Teresa, la Polonaise de l'atelier de couture, souffle dans ses cheveux.

— J'essaie de faire baisser la fièvre.

Mila se penche sur Lisette, sa bouche crevassée, ses yeux collés, elle n'a plus de salive ni de larmes. Bonsoir ma belle, elle dit. Toute l'eau de son corps s'enfuit. Georgette avait prévenu : à un moment vient le visage de parchemin. Après, ça va très vite. Mila s'assoit à côté de Lisette, embrasse ses mains, son front. La journée, elle œuvre à vide, sans pensée ni désir, en pure suspension, mais quand elle voit Lisette elle redevient provisoirement quelqu'un. Lisette c'est la fille qui a vu mourir sa mère, à qui elle doit la joie retrouvée et il n'y a pas de questionnement, Mila a quelque chose à rendre, elle est avec

Lisette, elle l'écoute, elle l'aime. Elle sent la peau rêche sous ses lèvres.

— Tu as mangé?

— Oui, mais j'ai vomi.

— Tu es restée cachée?

Lisette hoche la tête et montre le sol.

— Là-dessous?

— Oui.

— Il y a eu des rats?

— Non. Regarde, Mila, dit Lisette en retournant sa manche.

Sur le revers, il y a un minuscule drapeau bleu blanc rouge cousu au fil blanc.

— C'est Marie-Paule, tu vois, elle a fabriqué ça au Betrieb. Elle en a un pour toi, à cause du 14 Juillet.

Mila sourit. Elle s'en fout, elles vont mourir. Lisette dit qu'il y aura une petite fête ce soir. Lisette conjugue des verbes au futur, il y aura une petite fête. Il y aura. À son tour, Mila souffle dans les cheveux de Lisette.

Le soir pas de soupe. Le bidon a été renversé en chemin, la fille conduite au Bunker, les prisonnières n'ont que le pain. Mais une Française a sauvé d'un colis un morceau de pain d'épice. Le morceau est rassis, une femme le brise en petites miettes rousses avec une épingle à cheveux. Les mains se tendent, revers des vestes affichant le drapeau tricolore, et Georgette répartit les miettes.

— Vive la France!

Elles portent leurs miettes à la bouche. Le brusque apport de sucre fait mal aux mâchoires et le goût du miel explose, c'est trop doux, trop fort. Lisette crache.

— Parlons de la France! dit une voix tombée du *cercueil*, le troisième étage du châlit plaqué sous le plafond.

— Mais encore?

— Cherchons de belles images, une chacune pour garder le moral.

— Rien que l'idée me fiche le cafard.

— Moi un jour je suis partie en vacances avec mon mari. On est allés dans le Sud. On a vu des collines de lavande comme un tapis jusqu'à l'horizon. On a quitté la route, on a marché dans le violet, et on a écrasé des fleurs dans nos mains, comme ça. Ça sentait tellement fort, on aurait dit qu'on était dans une boutique de savons. Mon image c'est nous, Robert et moi dans le champ de lavande, avec des chapeaux de paille.

— Et le jasmin, tu as déjà senti?

— Moi c'est le marché du dimanche. L'étal du boucher, les saucisses potelées nouées en rubans, les jambons crus entamés au couteau, les pétales rouges dans l'assiette de dégustation, et sur le comptoir les grosses terrines, les pâtés, les mousses, les blocs de farce et le tablier taché de sang de l'apprenti, qui découpait des tranches de steak puis essuyait son couteau à même la cuisse.

— À chaque fois c'est pareil, vous ne parlez que de bouffe!

— Moi, dit Adèle, j'ai une voiture à cheval. Du château au village on ne se déplace qu'avec cette voiture, un laquais en costume et une domestique pour porter les paquets. Mon cheval est blanc, il s'appelle César.

— Hier il était beige.

— Et c'était une femelle.

— Je connais son sexe et sa teinture quand même, c'est mon cheval!

— Sa robe. Pas sa teinture, sa robe.

— Imaginez, une voiture dorée. On nous l'avait confisquée à la Révolution parce qu'on était nobles, mais mon grand-père l'a rachetée à un musée.

— Ah, je croyais qu'elle avait été vendue aux enchères ?

— La voiture à grand-père ? Meuh non ! Dans la famille on a du sang royal, ce n'est pas le genre de choses qu'on laisserait faire. Et donc, mon image, c'est moi, Adèle, à la fenêtre de la voiture dorée, agitant la main sur la place de l'église.

— Delirium tremens.

— Moi c'est le jour où j'ai vu mon ventre bouger tout seul, des petites bosses surgies sous la peau, c'était tellement étrange à *voir*. Je pense qu'avant ça j'ai douté d'avoir un bébé dans le corps. On ne peut pas vraiment savoir.

Mila ne cherche pas d'image. Toute belle image est une souffrance, elle préfère l'attente, s'est habituée à cet engourdissement, un instant déchiré par la rencontre de la colonne d'hommes tout à l'heure, qui cicatriserait déjà si les femmes se taisaient, ce soir. Mila entend les femmes à cause de Lisette, parce que ça fait plaisir à Lisette. Parfois Mila pense que ça y est, le corps a tout mangé en elle, il s'attaque au cerveau et ça la soulage. Elle respire seulement, elle ne code même plus, insensible aux images et aux sons. Elle est bois sec, flocon, stase : elle attend l'usure. Elle se retire en elle-même, elle devient la mesure du temps. Une fois, avant la guerre, elle a été à la piscine Molitor avec une camarade de classe. Elle s'est tenue au bord et s'est laissée glisser le long de la paroi jusqu'à immersion complète, visage, oreilles, cheveux. Elle a écouté. Dessous, les mouvements des corps déplaçaient des volumes silencieux, des courants aquatiques très lents qui absorbaient les sons, les déformaient, en aggravant la tessiture, même les voix de femmes, même les cris d'enfants dont Suzanne voyait les jambes remuer sous la surface, agitation molle et muette. Elle se hissait d'un coup pour reprendre son souffle, assaillie par l'écho diffracté des sauts, des plongeons, des éclats de voix, des chocs de pieds, des sifflets des maîtres nageurs jusqu'à ce qu'elle s'immerge à nouveau. Là, sur le bord de la paillasse, elle coule, les mots se fragmentent, se dissolvent à mesure qu'ils s'enfoncent et l'atteignent par bribes, phonèmes gonflés, tordus, blome, lonme, ouam, elle s'absente.

— Hé, tu rêves ? On te cause !

— C'est quoi ta belle image à toi ?

Mila sourit. À quoi bon, tout ça. Elle se dérobe un peu plus chaque jour, mlème, bam, gaoum, rumeur fondue, distante de l'autre monde. Elle flotte, à la piscine Molitor elle a lâché le bord, a soufflé l'air de ses poumons en un fin friselis de bulles, et s'est laissé engloutir sans effort. Elle oublie même la toile d'araignée, sa perpétuelle dentelle dorée entre les tiges d'iris au bord du lac.

— Vraiment, je ne sais pas.

Le jour se lève, le soleil suit sa course. Il y a des taches réparties selon un emploi du temps immuable, des gestes accomplis sans intention, des mouvements nouveaux, il suffit de suivre les autres femmes, Mila s'applique à cela jusqu'à ce qu'il soit l'heure et que viennent les gestes du soir, les sourires à Lisette, la main tenue dans le silence.

Chaque matin, Mila défait l'étreinte de Lisette, ses bras noués la nuit autour de ses jambes. Les bras résistent un peu puis libèrent leur emprise. Ce matin encore elle appelle doucement, Lisette, Lisette. Déjà les femmes sont debout et font la queue pour le café. Mila se redresse, se penche sur Lisette endormie, allez, je dois me lever. Lisette, elle dit. Lisette! Mila secoue l'épaule, force les bras qui s'écartent, suspendus dans le vide. Puis ils s'abattent d'un coup sur la paillasse comme des oiseaux tirés. Bras tombés. Bras inertes. Corps inerte. Alors elle sait. Elle repousse le cadavre et replie aussitôt ses jambes contre sa poitrine. Elle tremble, le souffle court, les yeux rivés sur les yeux fermés de la morte. Je suis pas morte. Elle palpe son cou à elle, sa poitrine, ses bras, tâte son ventre, ses joues, et ses yeux roulent dans ses orbites à l'affût d'une pièce manquante, d'un trou dans la peau, mais rien, raus für Appell! D'un coup elle tend les mains, arrache les chaussures de Lisette et les passe à ses pieds meurtris, dénoue à la ceinture la gamelle rouillée et le sac où elle trouve un bonbon et un minuscule morceau de pain, les serre contre son ventre. Et elle se met à rire sans bruit, un rire d'après la peur, *c'est pas moi*. Elle rit, fixant le bout de ses chaussures encore tièdes des pieds de Lisette, déjà une femme ôte sa robe au cadavre, fouille ses cheveux à la recherche d'un secret, retourne son corps, ne trouve rien, laisse Lisette à plat ventre comme une poupée en carton bouillie, un bras raide dépassant de la paillasse. Mila rit. Mila pleure.

Le soir, Teresa la Polonaise s'est assise sur la paillasse de Mila : je peux dormir ici ? et Mila a hoché la tête, dans l'hébétude du chagrin. Tu ressembles à ma sœur, avait dit Teresa le jour du sang de Lisette dans le Waschraum. Mila regarde Teresa, cette fille qui l'a choisie, enlever ses chaussures et se coucher à la place de la morte.

IV

— Tu ne brosses plus tes dents. Tu ne peignes plus tes cheveux avec tes doigts. Tu ne laves plus ton visage. Les coutures de ta robe grouillent de poux. Tu t'écorches. Tes vêtements sont tachés. Tu pues.

Assise sur la paillasse, Mila ne répond pas.

— Deux nuits que je dors avec toi. Je t'ai vue au début, quand tu es arrivée. Tes cheveux blonds et lourds et ta peau de lait. Tu avais la nuque droite. Regarde-toi.

Teresa passe la main sur les cheveux de Mila, mèches crépues en boules d'algues mortes, effleure la joue de Mila de sa paume étonnamment douce. Elle est jeune, vingt-cinq ans peut-être. Ses cheveux noirs s'enroulent en chignon à l'arrière de la tête. Ses dents blanches parfaitement alignées convoquent des images de fruits mordus.

— Je suis polonaise, ma mère est française. J'ai vu Paris plusieurs fois. Tu es de Paris ?

— Oui.

— Moi de Cracovie. Tu connais ?

— Non.

— Tu ne te mouches plus qu'avec les manches de ta veste. Tes ongles sont dégoûtants. Moi je suis ici depuis trois ans. Vois mes dents. Mes ongles. Mes cheveux. J'ai fait raser ma tête pour éviter les poux.

La Polonaise caresse le cou de Mila, suit la rondeur des vertèbres.

— Dis-moi, c'est vrai qu'il y a un lac après le mur ?

— Oui.

— Décris-le-moi. Je ne l'ai jamais vu. Il y a des canards ?

— Oui.

— Des cygnes ?

— Oui.

— Des fleurs ?

— Aussi.

— Tu as une brosse à dents ?

— Oui.

— Va te laver alors. Après on s'occupera de ta robe.

— J'ai pas envie.

La Polonaise secoue la tête.

— Encore un effort et tu y es, le parfait Schmuckstück. Arrondis le dos, traîne le pied, bave un peu et tu es bonne pour une sélection.

Mila hausse les épaules :

— Maintenant ou plus tard…

— Si tu t'en fous fais-le pour moi. Tu me dégoûtes.

Mila fixe ses mains. Se lever. Se laver les dents. Tout pèse.

— Tu ne veux pas ? Alors ne perds pas de temps. Cours, traverse l'allée, sors du camp et jette-toi contre les barbelés électriques au cas où les balles t'éviteraient, qu'on en finisse.

Mila tressaille.

— Une décharge éclair, le cerveau grillé quasi sans souffrance.

Mila détourne la tête. La Polonaise serre son menton dans sa paume.

— Tu as vu, tu as entendu comme moi parler de cette femme sortie en trombe des rangs du terrassement pour empoigner les barbelés! Et peut-être, tu l'as vue. Elle a mordu le fil, clac, un coup de mâchoires franc, l'a agrippé de ses poings fermés. Regarde-moi quand je te parle. Ça l'a traversée de la tête aux pieds, elle bougeait à peine, bien sûr que tu te souviens. Et après, sèche sur le fil comme un vieux linge, la femme. Efficace. Qu'est-ce que tu attends?

Mila essaie de dégager sa tête, de décrocher la main de la Polonaise en soulevant ses doigts un à un mais la fille serre, enfonce les joues de Mila entre les mâchoires comme on force la gueule d'un chien. De la bouche de Mila ne sort plus qu'un borborygme.

— Je ne te lâche que si tu y vas, que si tu te jettes contre les barbelés.

Goût de rouille des muqueuses compressées, le sang se mêle à la salive sur la main refermée de la Polonaise.

— Fonce, le camp c'est la mort lente.

Mila tremble, elle ferme les yeux, tord le cou, la morve barbouille sa bouche froissée et la fille parle tout contre ses lèvres.

— Non? Tu as pas envie? Je t'ai vue quand ton amie est morte, j'ai vu comme tu te palpais le corps, ça te soulageait que la mort l'ait prise, elle. Je t'ai vue lui enlever son sac et lui arracher ses chaussures, des chaussures meilleures que les tiennes, et tu as tout de suite mangé son pain. Tu voulais vivre. Tu n'iras pas te jeter contre les barbelés. Mourir maintenant ou plus tard ça ne t'est pas égal. Alors debout, va te laver les dents!

Elle lâche Mila. Mila essuie son nez, sa bouche. Puis elle se lève, tenant sa mâchoire. Elle scrute les hauts murs par la fenêtre ; derrière, les barbelés, la délivrance facile, toute proche. Elle détourne les yeux, marche jusqu'au Waschraum, et se brosse les dents.

Parce que Teresa est polonaise comme elle, la prisonnière de service gratte le fond du bidon de soupe et en décroche un peu de matière solide, purée de légumes et de féculents qu'elle verse dans la gamelle de Teresa et de ses compatriotes, et que ce soir Teresa partage avec Mila.

Tintements de cuillers, bruits de bouches, aspirations qui rappellent Mantes, comme on mangeait à Mantes, un coup de rouge dans l'assiette et on pouvait boire la soupe rien qu'en aspirant le liquide entre les lèvres, on ne mangeait pas pour parler, on mangeait pour manger, on se concentrait seulement sur l'assiette.

Mila pose sa gamelle. Elle dit :

— J'ai faim, c'est pas une vie.

Et Teresa rigole :

— Ah oui ? C'est quoi la vie ? C'est où ?

— C'est dehors, dit Mila. C'est acheter du pain à la boulangerie, vendre des partitions de musique, embrasser ton père et ton frère le matin, repasser une robe, aller danser avec Lisette, faire du riz au lait…

Teresa se marre.

— Tu n'y es pas ! Être vivant, elle dit, c'est se lever, se nourrir, se laver, laver sa gamelle, c'est faire les gestes qui préservent, et puis pleurer l'absence, la coudre à sa propre existence. Me parle pas de boulangerie, de robe, de baisers, de musique ! Vivre c'est ne pas devancer la mort, à Ravensbrück comme ailleurs. Ne pas mourir avant la mort, se tenir debout dans l'intervalle mince entre le jour et la nuit, et personne ne sait quand elle viendra. Le travail d'humain est le même partout, à Paris, à Cracovie, à Tombouctou, depuis la nuit des temps, et jusqu'à Ravensbrück. Il n'y a pas de différence.

Si le chien ne mord pas, d'accord j'y crois, décide Mila. Que tout peut advenir ici. Un chien nazi qui ne te mord pas quand tu le défies sur la Lagerplatz déserte est une entorse à la fatalité. Une distorsion de la logique après quoi nul raisonnement ne peut plus épuiser, disqualifier la possibilité de miracle. S'il ne mord pas je me lave les dents, je lave ma robe, je rase mes cheveux, je me tiens d'aplomb sur mes deux jambes, la colonne verticale. Je parie que.

Mila est debout sur la Lagerplatz, devant une plate-bande herbeuse. Le soleil rasant allonge sous elle une ombre effilée, la fait cadran solaire. Huit heures du soir. Les prisonnières sont dans les Blocks et les Blocks sont fermés, cuits par la chaleur de juillet. Des fantômes glissent dans les allées à contre-jour, malades en chemin vers le Revier, Verfügbars, surveillantes, infirmières à brassard. Silence, sauf le bourdonnement des abeilles, toutes ailes vibrantes. Odeur d'herbe chaude et de fleurs écrasées. Odeur d'os brûlé, la flamme du crématoire fait trembler un mur d'eau dans l'air.

Mila arrache une poignée d'herbe fraîche et la porte à sa bouche. Elle mâche, c'est sec, la gorge gratte. Ce que font les chiens pour se purger, il paraît, même les canards, même les cygnes, qu'on voit brouter sur les berges du lac et décrocher des algues dans le fond de l'eau, qu'ils hachent aux rasoirs de leur bec. Bouffer du vert. Mila arrache une deuxième poignée, la mange. Pour l'instant l'Aufseherin lui tourne le dos. Puis le doigt d'un SS pointe dans la direction de Mila. L'Aufseherin fait volte-face. Elle fixe Mila, hurle un ordre, se rue vers Mila en excitant le chien aux babines roses. Du Sauhund, du Dummkopf! le chien gronde et bave une écume blanche. Mila l'attend. Sa vie ne dépend pas de ce qu'elle mange mais du chien, elle en a décidé ainsi et ce n'est pas un non-choix car elle s'y tiendra, épuisée d'évaluer ses chances de résistance au camp. Le chien tire sur la laisse, l'Aufseherin marche plus vite, se met à courir derrière le chien tandis que Mila arrache une troisième poignée d'herbe, la vessie contractée et le cœur soulevé. La voix de l'Aufseherin bondit de paroi en paroi autour de la Lagerplatz, l'écho décuple les aboiements du chien, il n'est plus qu'à trois mètres, les lèvres de Mila brillent de salive verte mais l'Aufseherin stoppe net, le chien s'étrangle, se cabre, genug! Oh, wie Schade… dit l'Aufseherin d'une voix douce, penchée vers le sol. Ein Vogel! Bist du tot? Elle saisit de sa main libre le corps gris-bleu d'un petit oiseau, l'aile pendante, qu'elle tient contre son cou sur les veines battantes. Elle murmure des tendresses, caresse la tête plumée au bec ouvert. Mein kleiner Vogel… et sans lever les yeux sur Mila pétrifiée, elle fouette sa nuque, y ouvre une estafilade vermillon, puis se détourne lentement, tirant d'une main le chien docile, emportant de l'autre l'oiseau blessé vers les villas SS.

Comme toutes elles dorment tête-bêche. La robe de Mila est mouillée du rinçage et la nuit, malgré août, on claque des dents au dortoir. Tu veux qu'on se réchauffe? chuchote Teresa. Je viens contre toi, je souffle dans ton dos. Mila est d'accord et Teresa se contorsionne puis s'emboîte dans le corps sinueux de Mila, bouche contre nuque, ventre contre dos, bassin contre fesses, genoux dans les pliures des articulations. Elle effleure le crâne lisse et rugueux de Mila, la peau ultra-sensible, jamais montrée, jamais touchée, où toute une zone nerveuse allume ses terminaisons et irrigue de douceur le corps entier. Les doigts de Teresa courent du front à la nuque et d'une oreille à l'autre, légers. Teresa applique sa bouche contre la robe humide, presse ses lèvres ouvertes et souffle un courant chaud que le tissu diffuse en large plaque. Elle déplace sa bouche, omoplate droite, omoplate gauche, la chaleur se propage d'une épaule à l'autre, puis verticalement jusqu'aux reins.

— Tu faisais quoi en Pologne ?

— Rien. À dix-neuf ans j'ai épousé un garçon très riche et ensuite je me suis ennuyée d'expositions en thés dansants. Mon mari était patriote. Quand la guerre est venue j'ai tout de suite accepté de transporter des armes. Au début, c'était pour vivre quelque chose, pour faire battre le cœur. Puis ça a été par haine des Allemands. Ils ont arrêté ma sœur et ont emmené ma nourrice juive.

— Moi je travaillais dans un magasin de musique. J'ai codé des messages et caché des gens. Tout le monde autour de moi était de mèche avec la Résistance, j'ai fait ma part.

— J'ai été baptisée deux fois, une à Cracovie à cause de mon père, une à Paris dans le 10e arrondissement à cause de ma mère. J'ai un prénom polonais, Teresa, et un prénom français : Solange.

— Solange ? C'était le nom de ma mère. Solange mon seul ange, disait mon père.

— Elle est morte?

— Elle s'est jetée du balcon quand j'avais sept ans.

— Une femme libre. Je t'ai dit, il n'y a pas de frontière entre le camp et le dehors. Tous les jours tu fais ton choix : tu continues ou tu arrêtes. Tu vis, tu meurs. Tu vois tu es libre, comme ta mère.

— Tais-toi.

Teresa pose sa main sur le ventre de Mila. Elles se serrent, la tiédeur de l'une passe au corps de l'autre, la robe de Teresa boit l'eau de la robe de Mila. On en oublierait presque la faim, une douleur familière, des gaz sortent des ventres comme des peaux de charognes au soleil, dont les viscères éclatent. Dans le ventre de Mila, sous les mains de Teresa, monte une bulle d'air. Lente, sûre, jusqu'à la surface de peau. La main de Teresa la cueille, s'immobilise.

— Tu es enceinte.

— Je crois… comment tu sais?

— Ça bouge.

— C'est la faim.

— Non.

— Tu es sûre? Tu as eu des enfants?

— Non, pas d'enfants, mais des frères et sœurs. Là, tu ne sens pas le relief?

— Je ne touche pas. Mon ventre c'est la mort. Il va mourir ici, l'enfant, c'est certain.

— Le chien ne t'a pas mordue, tu entends? Je vais te faire embaucher au Betrieb. La couture, c'est mieux pour toi. Le rythme est soutenu mais tu es assise. D'accord?

— Je ne sais pas.

— Si tu dis oui c'est notre enfant. Le tien et le mien. Et je te laisserai pas.

Mila se retourne :

— Pourquoi tu fais ça ? Qu'est-ce que tu veux ?

— La même chose que toi. Une raison de vivre.

Il reste quelques heures à dormir. Demain il faudra se décoller l'une de l'autre dès trois heures pour ne pas faire jaser, être traitées de julots. Mais dans l'immédiat rien n'est plus urgent que garder ce corps qui dessine le tien, ses contours, qui t'épouse, te prolonge, donne à ta chair une consistance. Dans la torpeur tiède Cracovie se colore, une ville sous ciel clair avec immeubles cossus et rivière large, imagine Mila, elle a calqué sur la ville inconnue l'image solaire de Teresa, sa voix d'oiseau, haut perchée, le bleu et le vert de ses yeux vairons et le grelot de son rire, projeté une lumière ocellée à la surface du fleuve, soufflé du vent dans les feuillages, semé des iris sauvages penchés sur l'eau, mauves et violets.

Ensuite l'Appell est le même, l'attente longue. Les bobards circulent, Hitler est mort assassiné. Les muscles tirent dans l'effort, les spasmes de l'estomac font monter une nausée qui n'a rien à vomir. Les jambes purulent, les vieilles prisonnières s'éclipsent dans des camions bâchés, la cochonnerie marche en colonne, va et vient, chie, dort, meurt, chante, fantasme des festins de temps de paix, attend sans borne et sans motif. Mais il y a ce chien qui n'a pas mordu. Ne mordra jamais. La scène a définitivement eu lieu, Mila s'en souvient chaque fois que son dos se courbe, que ses dents sont sales, sa robe souillée, le chien n'a pas mordu et une autre fille porte le double fardeau avec elle : ignorance de son sort, ignorance de l'enfantement, du dedans et du dehors, leur somme d'effrois, et de possibles.

V

Très vite, Teresa a pensé à Georgette. Georgette a cinq enfants, des cheveux blancs, des petits-enfants sûrement. Georgette est professeur de mathématiques, elle saura expliquer, comme elle a expliqué aux gosses à l'école, des théorèmes et des règles complexes, des figures dont l'homme commun n'a que faire dans la vie quotidienne, tangentes, intégrales, abstractions livrées aux nuages, oubliées sitôt apprises. Georgette sait révéler l'invisible.

Mila est d'accord. Un dimanche, assise sur la paillasse, elle chuchote à Georgette je suis enceinte, je crois, depuis janvier, et je ne sais pas comment c'est fait là-dedans. Georgette hoche la tête doucement. Prise de pitié, d'amour, on dirait. N'osant peut-être pas croire à cet aveu, qui introduit dans le camp quelque chose de la vie normale, banale, du dehors. Qui abolit la frontière, ce que ne cesse de vouloir Teresa. Le camp, déclinaison de l'existence ordinaire. C'est atroce, comprend Mila. Inespéré.

Georgette pose la main sur le ventre de Mila. Tu es si maigre, elle dit. Ton bébé est si petit. Ou bien il te tient lieu de ventre. Quel âge as-tu? Vingt ans? Elle parle d'utérus, de cocon creusé par l'enfant parmi les viscères dans un abri rouge et concave, du renflement de cette poche provisoire, c'est ce qu'elle a connu, elle dit, cinq fois, protubérances cachées sous des robes larges, le ventre rond, les seins gonflés de lait comme une agression extérieure, c'était se montrer nue en quelque sorte, tu comprends, et même, une façon de s'afficher au lit avec ton homme, parce que c'est bien ce qui s'était passé, on l'avait fait, et le montrer était obscène ; alors on portait des robes-sacs en tissu marine ou marron foncé, qui confondaient la grossesse avec de l'embonpoint. Mais toi, on ne voit rien. Est-ce que ça bouge là-dedans ? À peine ? Alors il faut l'attendre dans ta tête cet enfant, dit Georgette ; l'attendre quelque part, il a besoin d'être attendu. Georgette a eu une mère. Nos mères ne parlaient pas elle dit ; elles n'en avaient pas besoin, leur présence suffisait. Elles savaient, nous pas, ça n'avait aucune importance puisqu'elles étaient là, seraient là jusqu'à la première fois, se mêleraient de tout. Accompliraient les gestes appropriés à notre place, que nous imiterions sans contredire, apaisées, perpétuant les croyances et les rites dont plus personne ne connaît les fondements et qu'on transmettrait sans doute, un jour, à notre tour. D'une pointe de bâton, Georgette dessine dans la poussière le tube du *vagin*, les *ovaires*, la courbe de l'*utérus*. Une langue nouvelle encore. Elle dit bientôt la tête sera en bas et pressera le *col*, là, prête à sortir, puis tu expulseras l'enfant et le *placenta* qui l'enveloppe. Mila écoute. Tout ça, en elle. Ces poches aux noms bizarres, ces tuyaux mous, ces liquides. Tout ce qui se trouve chez un boucher dans des plats en terre cuite est aussi dans son ventre, les tripes, le sang, les rognons, le foie, exactement comme dans un bœuf, un porc, un agneau. Mila chasse la vision rouge et pense à Brigitte. Georgette est le visage de Brigitte qui n'était qu'une voix, et chantait sa berceuse dans les tuyaux à Fresnes, *las hojitas de los árboles se caen, viene el viento y las levanta y se ponen a bailar*. Les feuilles soulevées par le vent vont se mettre à danser, disait la chanson, à danser, une danse seulement, tu entends Mila, pas une tempête de feuilles décrochées, ne crains rien, une danse : ré# do do# fa# mi.

Mila entre en territoire neuf. Comme le jour d'arrivée au camp elle découvre un réel inconnu : il faut se figurer le dedans du corps, s'en construire une image, le nommer. Mila écoute Georgette, enregistre les mots, *contractions*, *urètre*, *poussée*, *délivrance*, ce dernier lui plaît plus que les autres, *délivrance*, non parce qu'il marque la fin de la grossesse et de l'ignorance intérieure, mais parce qu'il désigne une évidence nouvelle : contre toute attente, ce qui arrive est une échappatoire, le ventre un lieu que personne, ni autorité, ni institution, ni parti ne peut conquérir, coloniser, s'accaparer tant que Mila garde son secret. Elle y est seule, libre, sans comptes à rendre, on peut bien prendre sa gamelle, voler sa robe, la battre au sang, l'épuiser au travail, on peut la tuer d'une balle dans la nuque ou l'asphyxier au gaz dans un camp annexe, cet espace lui appartient sans partage jusqu'à l'accouchement, elle les a eus, les Boches ; plus qu'un enfant c'est bien ça qu'elle possède : une zone inviolable, malgré eux. Et comme disait son père, qu'ils crèvent ces salauds.

Les autres femmes, les voir en mères soudain. Voir autre chose que le saccage du camp, une œuvre antérieure qui peut-être lie les corps des femmes entre eux par-delà la souffrance du présent. Cohortes de femmes et d'enfantements, milliers de mères de tous pays, de toutes langues, de toutes luttes, des mères de mères, longue chaîne de vie qui inclut les surveillantes et les femmes SS, élargit le cercle des semblables, déplace les frontières : si Attila avait une petite fille à bonnet de dentelle ? un garçon en culottes courtes ? Attila faisant l'amour, portant un enfant, expulsant un enfant, lui caressant les cheveux, pourquoi pas, le nourrissant au sein puis du bout de la cuiller, l'embrassant au front. Attila aurait un vagin, un utérus. Serait une femme, une mère comme Mila sera une mère. Comme Solange a été une mère. Solange, fa# ré si do réb fa# mi. C'est à te coller le vertige.

Maintenant il faut manger, dit Georgette. Tu manges à la place de l'enfant, il te mange. J'ai entendu que les femmes enceintes ont des rations supplémentaires, il te faut un certificat. Mila pense au doigt du médecin le jour de la visite gynécologique, au majeur nu planté entre ses cuisses. Le certificat de grossesse, c'est à nouveau le doigt plongé là, et l'aveu du mensonge initial – non, pas enceinte elle avait dit, et il pourrait bien lui faire mal, volontairement. De toute façon elle ne veut pas que ça se sache, la louche de plus est un appât pour que les femmes se dénoncent, ainsi on les cerne facile, on les tue, croit-elle ; elle se taira. Au moins repose-toi, petite. Tu n'es pas prête à accoucher sur les quais, droite dans tes pantines entre deux wagons. Teresa va te faire embaucher au Betrieb.

Marie-Paule, Louise, Georgette, Teresa deviennent les nourrices de l'enfant à naître. Elles obtiennent des bourgeons, du rabiot, des épluchures, des pommes de terre, du pain supplémentaire, organisent, échangent des bouts de laine, du fil, des mini-sculptures creusées dans les boutons de galalithe de l'usine Siemens pour que Mila mange mieux, pour que l'enfant survive, s'il arrive à terme.

— Teresa ? Serre-moi avant de dormir. Parle-moi. De Cracovie.
— Cracovie c'est très beau, comme Paris.
— Comment tu dis c'est beau en polonais ?
— To jest ładne.
— To-yès-te-wal-de-ne.
— Il y a beaucoup d'églises et des grandes places. J'habitais dans le quartier médiéval, place Rynek Glowny, dans une maison du XVe siècle. Et puis il y a le fleuve, la Wisła, et des aubes incroyables au pied de la colline Wawel : le fleuve est rouge à cause du ciel rouge. La Wisła se jette dans la Baltique à Gdańsk, pas si loin de Ravensbrück. J'y pense, Mila. Quand la pluie tombe je jure que j'y pense. Je me demande de quelle eau vient la pluie, si c'est la mer qui s'est évaporée parce que la mer c'est un peu la Wisła et la Wisła c'est chez moi.
— Ah bon ? Il y a la mer ici ?
— Plus au nord, oui.
— Tu as vu une carte ?
— Non, on me l'a dit. Fürstenberg est à quatre-vingts kilomètres de Berlin. On est au sud du Danemark.
Mila essaie de s'imaginer l'endroit. Elle ne se souvient plus bien du tracé des frontières, de l'emplacement des mers et de la ville de Berlin qu'elle a dû apprendre, plus jeune, sur les grandes cartes colorées de Vidal-Lablache. Ravensbrück n'a toujours

pas de lieu, le camp flotte dans un espace aux frontières floues, continental c'est sûr, allemand, elle n'en sait pas davantage. Elle pense que Lisette n'a pas su où elle est morte.

— Tu l'aimais cette fille, n'est-ce pas? souffle Teresa dans le cou de Mila.

— Oui. Comment on dit oui dans ta langue?

— Tak.

— Je l'aimais. C'était ma cousine, mais ça n'a rien à voir. Je l'aimais parce qu'on a traversé nouées l'une à l'autre les mois où je suis devenue orpheline. La dernière image de ma mère, c'est elle qui l'a. Ma mère était une torche bleue entre le balcon et le sol, cheveux au vent, robe remontée à la poitrine, les yeux fermés à la façon d'une Ophélie, a dit Lisette, toute pâle et désarticulée, comme si c'était déjà fini. Lisette voulait me rassurer, ma mère serait morte avant de toucher le sol, avant le choc que Lisette n'a pas vu parce que son père venait de cacher ses yeux, morte avant que sa tête explose. Tant pis si c'était faux, tant pis si Lisette mentait exprès, ou tant mieux : ce qui comptait, tu vois, c'est qu'elle avait parlé comme une mère. Avait voulu me protéger.

— Moi aussi je te protège.

— Le matin de sa mort je n'ai pas pu porter son cadavre au Waschraum. C'est Marie-Paule et Louise qui l'ont fait. Après je ne suis pas allée au Waschraum jusqu'à ce qu'ils l'emportent à la morgue. Ça a duré trois jours. C'est pour ça que j'étais si sale quand tu m'as trouvée, si puante. Pire qu'avant. Me laver où Lisette pourrissait je ne pouvais pas.

— Qu'est-ce que tu as gardé d'elle?

— Les chaussures. D'autres ont pris ses vêtements, son épingle à cheveux.

— Tu as le petit sac ?

— Oui. La brosse à dents, je l'ai donnée à Louise. J'ai gardé le bonbon à la framboise.

— Tu as un bonbon !

— Elle l'avait depuis l'arrestation. La veille c'était l'anniversaire de sa sœur. La petite avait demandé qu'on lui offre des bonbons et son père lui en avait obtenu, d'un confiseur qui avait stocké des douceurs d'avant-guerre. Un sachet de bonbons à la framboise enveloppés de papier rose. Quand la Gestapo est entrée à l'aube, la petite a glissé son dernier bonbon dans la poche de Lisette. Il y est resté à Fresnes, à Romainville, dans le train pour Fürstenberg, ici à Ravensbrück, dans son petit sac.

— Tu me fais voir ?

Mila secoue la tête.

— J'avais trop faim, je l'ai mangé.

En attendant le Betrieb, Mila suit chaque jour la colonne de travail vers les wagons de pillage. En dépit des trois fouilles, elle en rapporte les médicaments enterrés au fur et à mesure des arrivages, parmi lesquels de l'aspirine, et les ampoules de Cardiozol qui n'ont pas pu sauver Lisette, mais que des phtisiques attendent au Revier : un morceau de sucre, déjà, fait des miracles. Vivre est une œuvre collective. Elle glisse les ampoules dans les côtes de ses chaussettes, les comprimés dans sa culotte et dans l'ourlet décousu recousu de sa robe. Chaque matin elle défait, chaque soir refait l'ouvrage, un point après l'autre, quand la surveillante détourne les yeux, profitant de toute inattention, se piquant le doigt cent fois. L'audace lui vient du chien SS, ce chien qui ne l'a pas mordue et qui rend tout possible, y compris le passage clandestin de médicaments dans le camp. Et pour l'anniversaire de Georgette, elle trouve dans une caisse une édition française du Cid. Elle en arrache la couverture rigide, coupe le texte en deux et le tasse dans ses chaussures. Dans ses chaussettes des ampoules fortifiantes, dans ses chaussures un livre, sous sa robe une chemise volée au stock tchèque, dans l'intestin des perles, dans l'utérus un bébé, de quoi mourir cinq fois et cinq fois elle réchappe, claudiquant pourtant, soulevant à peine les pieds de peur de perdre ses pantines pleines à ras bord du texte de Corneille, cinq fois plus vivante au retour. En passant devant le lac, elle cherche des yeux sa toile d'araignée vibrant dans le soleil entre les tiges d'iris, l'y trouve, intacte, s'en réjouit. Le soir, on souffle des ficelles enflammées en lieu et place de bougies : Georgette a cinquante-sept ans. Les filles de Siemens lui offrent un chapelet en pièces électriques rose corail, une croix bricolée en laiton, Teresa un mouchoir brodé, Mila le Cid que Georgette ouvre aussitôt :

Elvire, m'as-tu fait un rapport bien sincère
Ne déguises-tu rien de ce qu'a dit mon père?

Et pour finir, du bout des doigts elles frappent le sol, les montants des châlits, leurs gamelles, les Françaises plus Teresa, quatorze paires de mains sur le rythme de la Java bleue, un bruit léger, presque un crépitement, elles ont répété la veille et elles s'appliquent, le visage de Fréhel recouvrant les images de l'été 1939, l'année de la chanson à la fois toute proche et lointaine, et elles jouent une valse joyeuse avec ce qu'elles ont, ce qui leur reste et que péniblement elles ont préservé pour la fête : leurs ongles. Elles offrent à Georgette un concert d'ongles sous les yeux de la Stubowa, muette, au fond du dortoir.

Le jour, le bruit des machines à coudre, dizaines de mécanismes en marche à tempi décalés, arrêts subits, fils échappés du chas, aiguille brisée qui vaut parfois une figure plaquée sur les bobines par une main SS, une dent, un nez cassés pissant le sang, une arcade sourcilière éclatée. Celles qui travaillent de nuit ne peuvent pas ouvrir les fenêtres à cause des avions alliés, et elles étouffent, poumons compressés, douze heures d'affilée, beaucoup sont envoyées au Block 10, celui des tuberculeuses pour lesquelles on ne peut rien. Le jour tu meurs moins vite. Sur la chaîne, certaines cousent des manches de veste – norme : quatre cent soixante par jour –, des jambes pour les costumes de prisonniers, d'autres des uniformes allemands, chacune à sa tâche, boutonnières, boutons – sept cent cinquante par jour –, ourlets et revers. D'autres encore trient les vêtements revenus du front russe, troués, déchirés, maculés de sang et de fluides internes, ils ont couvert des blessés et des morts, ils puent la mort, vraiment. Le jour, c'est l'odeur de charogne. Les prisonnières font deux tas, l'un des irrécupérables, l'autre des uniformes à repriser, à découdre pour en prélever un morceau, du tissu recyclable. Ce qui arrive jusqu'à Mila au poste des reprises est une part du rebut, mais jamais la meilleure car les femmes sabotent, jettent les plus belles pièces et conservent des loques. Ce que Mila et Teresa tiennent dans leurs mains est traversé de balles, élimé, a porté des cadavres et toute la journée elles tâtent ces suaires qui deviendront uniformes et redeviendront suaires, il y a des chances. Elles-mêmes contribuent au fier, invisible gâchis : elles ne nouent pas le fil, qu'une simple tension fera craquer, laissent des pointes d'épingles aux entrejambes des pantalons, défont et refont plusieurs fois leur ouvrage, parasites, ouvrières incapables et lentes. Il n'est pas sûr que ça ne coûte pas à Mila d'imaginer un homme de l'âge de son frère Matthieu, peut-être pas un monstre, enfiler le pantalon, s'y déchirer les testicules. Le jour est le temps du complot, des connivences silencieuses entre les prisonnières accordées *lento*, retrouvant les gestes débutants, maladroits de la petite école, ligne de points irréguliers piqués sur chiffon blanc. Et cette nonchalance apparente épuise, demande l'effort constant de la pensée : se souvenir de ne pas nouer le fil ; se souvenir de coudre des points larges et d'utiliser du fil non doublé, qui casse mieux ; ne pas accentuer la cadence, et pour cela retenir le mouvement sans se laisser aller à une gestuelle automatique qui serait plus efficace, plus naturelle et viderait la tête, lui permettant de fuguer ailleurs, de ne pas être dans le fil, dans l'aiguille. Si elle l'oublie, l'ordre de l'Aufseherin le lui rappelle, vas-y mollo! hurlé à l'oreille des Françaises après que l'Allemande eut demandé la traduction de "schnell", wie sagt man schnell auf Französisch? Vas-y mollo! chaque fois que l'Allemande attend une accélération de cadence et les femmes retiennent un rire dont elle ignore la cause, et qui la met hors d'elle. L'univers du jour a l'étroitesse du plan de couture, les yeux s'usent sur l'infiniment petit du fil, du chas, de la fibre. Le plus souvent Mila et Teresa cousent des manches, fixent l'arrondi de l'épaule, manches plus tard rattachées aux vestes, rattachées aux corps, rattachées aux fusils, aux grenades, arrachées aux mains, arrachées aux bras, arrachées aux troncs, arrachées aux vestes, rattachées au sol, au charnier de la terre, revenant à nouveau sectionnées au Betrieb. Mille manches, mille fois la soudure de l'épaule à la manche, le puzzle grotesque. Un soldat mort? amputé? L'image du père revient, bien sûr, les deux moignons de jambes sciés sous le genou après l'explosion d'un obus au fond de la tranchée en 1917, ses cuisses emballées dans du tissu de pantalons coupés court. Elle n'a vu qu'une fois la peau nue, pincée en cicatrices épaisses comme un nœud de saucisses. C'était à Mantes, le père avait passé deux jours chez sa sœur pour voir ses enfants et on était allés à la rivière. Là le père s'était déshabillé, d'abord on avait cru qu'il avait chaud mais il avait retiré le pantalon aussi, se soulevant sur une fesse puis sur l'autre, et les deux morceaux de chair avaient jailli du caleçon. Je veux me baigner, avait dit le père. L'oncle de Mila avait porté le père dans ses bras comme une fille, une princesse de Grimm au seuil du château, l'avait immergé sous l'eau verte, c'était horrible à voir, à cause des cuisses, à cause de l'étreinte entre l'oncle et cet homme poilu, barbu, cheveux blancs, qui riait, frappait l'eau, éclaboussait autour de lui comme un petit garçon. Mince, pense Mila, car sa main avance, elle va trop vite. Ne pas rêvasser, contrôler le geste. Le fil, l'aiguille, le tissu, fixer tout ça et s'y tenir. Au Betrieb, nul effort musculaire, si ce n'est tenir sa vessie, ses sphincters jusqu'au soir. Mais le Betrieb exténue le dedans de la tête.

La nuit est pleine de chuchotements et de silence. Elle vient vite, se loge dans les creux du corps à peine allongé, dans le désir d'oubli. La nuit c'est la douceur, le corps de Teresa imbriqué dans le corps de Mila, le peigne des doigts dans les cheveux qui repoussent, un duvet de poussin, les caresses dans la nuque et les frôlements de cils. Les châlits grincent dans le dortoir, ça râle, ça tousse, ça parle dans le sommeil et ça cauchemarde, on se figure un bateau, une cale pleine et la peste à bord, où les corps moitié vivants moitié morts sont étalés à même le sol. Et dès que ça se tait quelques secondes, la nuit de Ravensbrück retrouve son épaisseur. Le sommeil t'enfonce, te prend de toutes parts comme une eau, et tu lui cèdes sans te débattre, il t'emplit entièrement. Mais avant ça, dans l'intervalle mince qui sépare la veille du sommeil, Teresa et Mila se faufilent dans les rues de Paris, de Cracovie, de Mantes, à défaut d'avenir elles ont un passé, lointain comme une enfance, territoire qu'elles dessinent, peuplent l'une pour l'autre dans le noir, avant l'inconscience.

Les seins se tendent et ne gonflent pas, gourdes sèches, c'est une drôle d'expérience que ce tiraillement qui n'a pas de forme. Georgette dit que le lait se fabrique, Mila se demande bien où, quelle poche du corps le stocke : ses côtes roulent sous ses doigts. Si elle a bien compté, le terme est dans un mois, à la fin de septembre. Elle se demande de quoi elle accouchera vu sa minceur : un bébé chat ? une salamandre ? un petit singe ? Comment savoir si ce qui vient est un vrai enfant ou un produit de Ravensbrück, une masse pas regardable couverte de pus, de plaies, d'œdèmes, une chose sans gras ? Elle n'ose pas en parler à Georgette, moins encore à Teresa : elle n'éprouve nul amour, nul désir, seule l'idée d'un espace dérobé à la vue des SS l'émeut un peu. Comment naît la tendresse ? Pendant la grossesse ? Avant l'accouchement ? Est-ce que la vue de l'enfant la déclenche ? Y a-t-il une évidence de l'amour maternel ou est-ce une invention patiente, une volonté ?

Des femmes arrivent encore, et des convois de France, de Pantin, de Lyon, de Paris-Est, et aussi d'Auschwitz, partis de France entre le huit et le seize août. Il faut faire un effort pour se rappeler, le huit, le seize, les dates en soi n'ont aucune importance mais marquent des repères dans le temps invertébré ; le huit août, le seize août, c'étaient quels jours ? C'était quand ?

Les Blocks sont saturés, les arrivantes laissées en quarantaine faute de place. Pas de travail pour elles, pas d'Appell, Mila les envie. Partout des Verfügbars, qui risquent à chaque instant la sélection, mais ils sont si nombreux que leur masse les protège. Les plafonds pullulent, et les dessous des lits, leur souci quotidien est de trouver de la nourriture.

Glisser le fil dans le chas, fermer un œil qui déjà voit trouble, consigné à fixer de très menus détails. Tirer le fil, piquer droit mais lentement, toujours, surveiller les allées et venues de l'Aufseherin, pousser la cadence à son approche et reprendre ensuite le rythme militant, pas plus d'un point toutes les deux secondes.

On parle de la libération de Paris. Les *[tsimerdinst]*, nettoyeuses de la quarantaine, ont eu confirmation des Françaises et Marie a déchiffré la langue codée du Beobachter : "Nos troupes ont pris de nouvelles positions dans les environs de Chartres." Et les Alliés libèrent la Provence. Ça bouge à l'est, ça bouge à l'ouest, ça bouge au sud mais ça ne change rien à l'ennui et ne réduit pas les probabilités de mourir : il faudrait que les Allemands veuillent qu'elles vivent et donc permettent qu'elles parlent, et il faudrait passer l'hiver si l'hiver les trouve là.

Organiser du fil. Tous les jours quelques centimètres, une aiguille, des chutes de tissu, un bouton. Pour après. Pour l'enfant. Un bout de manche vert-de-gris, un bout d'épaule pour coudre des petits chaussons, une couverture, un bonnet, un bébé habillé en soldat mort, avec les vêtements des morts, chutes arrachées aux vestiges d'uniformes SS.

— Moi, dit Adèle, dès mon retour je file droit au château ! Notre valet Lucien m'attendra à la gare, j'en suis sûre, avec notre voiture à cheval et des crêpes au miel. Et pour fêter nos retrouvailles nous ferons une fête splendide, tout en blanc, sous les tilleuls, et nous danserons la valse avec un orchestre !

— Arrête tes conneries, tu nous fatigues !

— Au moins elle rit, la petite.

— Mais c'est que vous me croyez pas ! Vous verrez bien : ma jument noire, Onyx, m'attendra à la gare.

— Il est blanc ton cheval ma jolie, et c'était un mâle la dernière fois.

— Oh, les rabat-joie ! Oui eh bien peu importe, oh Paris, Paris !

— Tu y crois, toi, Teresa, qu'on va sortir d'ici ?

— Je ne crois pas à l'ange libérateur. Je crois à des forces invisibles, et je crois à la chance, à la part de hasard qui les fait se rencontrer. On ne sait pas ce qui va arriver. On ne peut rien déduire.

Plus d'Appell le soir. Tant de Verfügbars et de cartes roses qu'on manque d'yeux pour assurer la discipline. Marie-Paule a coupé le bas de sa jupe et s'est fabriqué un petit col chic ; Louise a cousu des pinces aux épaules de sa robe et Violette ajusté la taille de sa veste. Tout ça est arraché au bout de quelques jours avec gifles à l'appui et pose supplémentaire d'une à deux heures après le travail, mais qu'est-ce que ça peut faire, ce moment est si drôle, se balader en faux col au camp de concentration, avec une veste sur mesure et une robe à la dernière mode. Au pillage, les femmes parviennent même à voler des plats en porcelaine et des robes de chambre que personne n'utilise ensuite, trop voyant, mais c'est un jeu, c'est à qui rapportera la plus grosse pièce.

Trois mille boutons cousus, cinquante aiguilles cassées laissées dans l'entrejambe, mille nœuds pas faits, n'oublie pas, Mila, ne pas nouer et ne pas doubler le fil, pas plus d'un point toutes les deux secondes.

Tant de femmes, maintenant, sur lesquelles on marche au milieu de la nuit, couchées par terre, assises le long des murs, les pieds tâtent le sol, se glissent entre les os, s'enfoncent dans les ventres qui gémissent. Il n'y a plus de Waschraum officiel, plus de lieu dédié, les alentours des blocs ne sont plus des fosses d'exception pour femmes dysentériques car la merde est partout, fuyant mollement par les canalisations éventrées, flaques épaisses où de grosses mouches viennent se poser sous la canicule de midi. Et maintenant, la tente des Juives hongroises juste arrivées après une marche épuisante. Dans la tente il y a aussi des Russes, des Tchèques, des Tziganes on dirait, et même, des Françaises. La tente, c'est le Block 25. Pendant des jours, entre les Blocks 24 et 26, des femmes ont passé le rouleau pour aplanir le sol, ignorant tout de l'usage du terrain, une boue de marécage où l'eau remontait sans cesse. Puis ils ont installé une tente, l'ont nommée Block 25. Et puis elles sont arrivées, à pied, des milliers et des milliers de femmes, des enfants, aussi sales et puants que des Schmuckstücks, Mila les a vus passer la porte cochère, même pas zu fünft, même pas silencieux, une vague de robes et de cheveux et de visages aux yeux plissés éblouis par le soleil, traînant la jambe, soulevant une nuée de poussière sur la Lagerplatz. Des pleurs de bébés invisibles, des gémissements de malade, des chants tout bas. Tous sont entrés dans la tente sans quarantaine, y ont trouvé quelques paillasses trempées, se sont couchés à même la terre, le corps dans l'eau. Et là, tout de suite, ils se sont mis à mourir de faim, de soif, d'épuisement, ils ont chié, pissé par terre, ils n'avaient pas de sanitaires, c'est Teresa qui l'a vu. Elle a vu l'intérieur de la tente, assaillie par l'odeur du tas de mortes en décomposition, déjà les vers grouillaient dans les yeux des cadavres. Elle a trouvé des Polonaises, parlé avec elles, a donné du pain.

Greffer des manches sur des torses intacts, gommer les balles, les obus, les gaz, le sang, la boue, nier la mort, refaire à neuf l'uniforme pour le prochain cadavre, Mila l'accomplit chaque heure du jour, comme d'autres chaque jour trient les vêtements des prisonnières mortes à l'Effektenkammer, chaque minute de chaque heure, chaque seconde en chaque minute, le temps n'a pas de borne, uni, il se réenfante infiniment, tandis que le nombre des prisonnières enfle et justifie la perpétuation du cycle : le camp grouille comme une tête à poux. Il faudra bien les tuer à défaut de les nourrir. Mila le sait, toutes le savent, ça sent l'exécution.

Les trois femmes attendent sur la paillasse de Georgette. Droites, les cartes roses aux cheveux gris, mains sur les genoux, fixant le sol, dignes comme des veuves de guerre. Elles lèvent les yeux à l'arrivée de Mila et Teresa, qui occupent la paillasse voisine. Mila s'assoit, la gorge en feu, bonsoir mesdames, elle ferme les yeux. Il fait une chaleur atroce, les cheveux sont mouillés, gras, les visages ruissellent, les robes collent et la peau poisse ; le SS a condamné les fenêtres du Betrieb parce qu'une fille a tenté de s'échapper. Mila s'est évanouie sur sa machine, aussitôt relevée par Louise, Mila dépêche, réveille-toi, Louise la piquait de la pointe d'une aiguille et le sang perlait en gouttes minuscules jusqu'à ce qu'enfin elle se redresse, oh pardon… j'ai si chaud. À la sortie elle a tendu sa gorge à la brise, l'a gobée pleine bouche, lui a ouvert ses cuisses, c'était bon et dangereux ce chaud-froid. Elle aurait voulu voir le lac, mais pour rejoindre le Betrieb on ne sort pas du camp, on longe les Blocks jusqu'à Industriehof, et tout autour s'élève un mur très haut qui donne sur les branches. C'est la vue que Teresa a du camp depuis son arrivée. Le lac est sûrement bleu un jour pareil, ridé, entouré d'herbes hautes toutes jaunes, couvert de cygnes. Mila prend la brise, déplie ses coudes, ses genoux, sa nuque, la laisse sécher chaque parcelle de peau, les lobes d'oreilles, le crâne, y déposer un sable fin qui démange ; elle voudrait se mettre pieds nus mais c'est interdit, ils cuisent dans ses chaussures. Des chatons et feuilles d'aulnes séchés roulent au sol, la feuille ronde reconnaissable entre toutes – petite Suzanne a vu peu d'arbres en pleine terre, tous coupés d'avance pour la menuiserie, mais elle a eu un herbier, un père pour collecter les feuilles et des extraits d'écorces que le temps séchait, décolorait recolorait comme cet aulne blanc frais de sciage, puis brun orangé, puis rose une fois sec, dans lequel, avait dit son père, on a taillé les piliers des pilotis de Venise. Les voici les aulnes, les vrais, leur feuillage dense, leur ombre fraîche sans doute, enserrant Ravensbrück d'un rempart vert vivant, et la mort au milieu.

Mila rouvre les yeux. Se redresser, attendre la fin du vertige, ôter ses chaussures le dos brisé, du sang dans la gorge. Les trois vieilles femmes n'ont pas bougé. Claudie gratte ses boutons de moustiques.

— On sait où est Georgette. Elle n'est pas au Revier comme on l'a cru.

— Quoi ? Comment ça ?

— Une sélection hier soir.

Sélection, le mot définitif. Teresa entend et s'assoit à côté de Mila, son grand corps maigre penché vers les trois femmes.

— Ça s'est passé au Revier, et c'est Zenka qui a parlé. Georgette avait enjambé la fenêtre du Block pour aller voir sa sœur malade. D'un coup, au Revier, la Schwester a demandé à voir les jambes de tout le monde. Georgette s'est cachée sous un lit. On a fait marcher les malades jupe relevée, on a scruté leurs mollets, écouté leurs souffles, évalué le blanc de leurs cheveux. Sur ordre de la Schwester, la Schreiberin traçait des petites croix en face du nom de certaines femmes. C'est tombé sur la sœur de Georgette. À cause des plaies ouvertes et des érysipèles, ces femmes savaient qu'elles s'en iraient, les autres qu'elles resteraient.

En attendant le camion qui les enlèverait, la Schwester a voulu boucler les sélectionnées dans la chambre des folles. Zenka a dit que les femmes s'accrochaient les unes aux autres, se laissaient tomber en boule par terre, et que celles qui allaient survivre s'empêchaient de fermer les yeux pour être jusqu'au bout avec leurs camarades : elles regardaient l'horreur bien en face, ne s'en préservaient pas. La sœur de Georgette ne s'est pas défendue, elle était épuisée, elle est entrée dans la chambre des folles. Alors Georgette est sortie de sa cachette, a regardé sa sœur qui souriait, résignée, constatant seulement que son jour était arrivé et qu'on n'y pouvait rien, puis elle a dit : je viens avec toi. L'autre a secoué la tête, épouvantée, va-t'en, mais Georgette est entrée tranquillement dans la pièce. Une femme a crié reviens Jojo, qu'est-ce que tu fais, une surveillante l'a frappée mais elle tenait ferme le bras de sa sœur. Pour finir la Schwester a gueulé tu veux vivre une aventure ? Ah oui ? Bien. Los ! Elle a refermé la porte de la chambre des folles et le camion est passé dans l'après-midi.

— Zenka n'a rien pu faire.

— Rien.

— C'est Georgette qui a voulu.

Mila hoche la tête. La sueur coule à ses tempes, trempe son cou, sa robe. Georgette est partie. Georgette l'a laissée. Georgette bientôt morte, semblable aux cadavres du Waschraum, à Lisette, nue raide les yeux ouverts, la bouche ouverte, le sexe exposé. Qui parlera à Mila après Georgette ? Qui expliquera l'invisible ? Teresa prend la main de Mila. On va se débrouiller, elle dit. Jakoś to będzie. En Mila nul chagrin. Provisoirement elle hait Georgette comme elle hait sa mère au lendemain de son suicide : abandonnée.

Une chorale est autorisée dans le Block. Les femmes chantent un Kyrie eleison, des chansons populaires, et puis la Java bleue en souvenir de Georgette, s'accompagnant de leurs ongles, s'efforçant à les garder longs alors qu'ils se fendent, s'arrachent, craie friable faute de calcium. La Java bleue c'est Georgette, un instant où la vie a repris pour Mila, après la tentation de la fin contre les barbelés, c'est le Cid organisé aux wagons de pillage pour son anniversaire, les pantines pleines du texte de Corneille coupé en deux, c'est croire que Georgette aura le temps de lire, qu'elle vivra jusque-là, jusqu'à la fin du Cid. *La java bleue, la java la plus belle, celle qui ensorcelle.* La Java, Georgette, la do la do, et toutes elles suivent les rythmes de croche pointée double et les triolets à donner le tournis. Chaque jour Mila fredonne la Java bleue alors que la colonne se met en marche, qu'elle traverse Industriehof, qu'au Betrieb les machines à coudre crépitent en mitraillettes. La java la plus belle, *chérie, sous mon étreinte, je veux te serrer plus fort, pour mieux garder l'empreinte et la chaleur de ton corps.*

Un haut-le-cœur. Un goutte-à-goutte dans la culotte. La vessie comprimée se lâche. Mila rapproche ses cuisses, ça n'est que le début de la matinée, pas de

Waschraum avant des heures. Les gouttes s'écoulent serrées, mouillent sa robe. Mila pose la manche qu'elle est en train de coudre, saisit les bords du tabouret. Se tient très droite, concentrée, les phalanges blanches. Un filet liquide se répand sur le sol. Mila ferme les yeux, son ventre est dur à couper le souffle, puis elle se lève d'un coup, das Waschraum bitte, elle demande, les toilettes s'il vous plaît, toutes les femmes autour lèvent la tête et la fixent, immobile, la robe tachée, le visage tordu de douleur, et Teresa se précipite : qu'est-ce que tu as ? Ça se met à couler franchement, ce n'est pas de l'urine, ça ne se retient pas, Mila regarde la petite flaque répandue par terre jusqu'à ce qu'une Française crie tu es enceinte ? Mila ne répond pas, habituée au secret, effrayée par la sanction, alors la femme dit elle perd les eaux, la petite accouche. Perdre les os. Des os vont franchir son col. Elle tient son ventre, terrorisée, à Teresa qui la soutient elle demande quels os et respire par saccades entre les contractions de l'abdomen, quelque chose se passe qui ne concerne pas sa volonté, de l'eau, des os, Georgette, Brigitte, maman, qu'est-ce qui arrive, qu'est-ce que c'est, Ruhe, Schweinerei ! Et puis la femme française s'approche, plus vite que la surveillante, elle n'a que quelques secondes avant les coups, c'est quoi ce liquide dit Mila, c'est quoi ? Tu es pleine d'eau, petite, c'est normal, maintenant ça se vide parce que le bébé arrive. File au Revier. Le Gummi s'abat sur l'épaule de la femme. Elle serre les mâchoires, pliée en deux, tenant son bras. Sie ist schwanger, chuchote-t-elle à la surveillante, ça doit sûrement signifier enceinte car la surveillante ouvre des yeux ronds : Schwanger ? Du bout du Gummi elle soulève la robe de Mila. Au-dessus de la culotte flottante apparaît une rondeur semblable au ballonnement de faim, mais un liquide coule le long des jambes. Raus, faule Schwangere! Raus, jetzt! Mila et Teresa quittent le Betrieb. Dehors, il fait un soleil blanc.

VI

Chhhhh… Tout de suite la main de la Schwester plaquée sur la bouche de Mila et sa voix soufflée dans
l'oreille, si près qu'une mèche échappée du chignon
effleure sa joue, que les lèvres bougent contre son
cou, qu'elle respire son odeur de savon et de sueur.
Elle ne voit pas le visage de l'infirmière, la Schwester est ce murmure impératif, schrei nicht, stör den
Doktor nicht, schrei nicht! Bitte, elle ajoute tout bas,
s'il te plaît. Debout face à Mila, son front touchant
le sien, l'infirmière tient ferme la nuque de la jeune
femme, éloigne à peine son visage du sien pour la
fixer, yeux écarquillés, l'index sur la bouche, Ruhe,
verstehst du? Silence, tu comprends? Elle comprend, la douleur gonfle dans sa gorge, elle l'avale
comme un morceau de pain sec. L'infirmière montre
du pouce, par-dessus son épaule, une porte entrou-
verte, celle du médecin allemand qui ne veut pas de
cris, surtout ne pas le déranger, elles sont au milieu
d'un couloir jonché de corps vivants et morts et l'infirmière répète entre ses dents, verstehst du? Mila
hoche la tête. Elle chancelle, l'infirmière serre fort
sa main sur ses cervicales pour l'empêcher de tomber, la tient debout clouant ses pupilles aux siennes.
Mila ferme les yeux, mord les doigts de l'infirmière.

Ses genoux plient. Guidée lentement vers le sol, couchée sur le dos, elle se répète Ruhe, Ruhe, Ruhe, et sa bouche saigne comme une cerise.

Au plafond une mouche se cogne, elle vibre contre le blanc, se cogne encore. Rentrer le cri, voir la mouche se cogner encore. Sous les omoplates, les vertèbres, le bassin, le carrelage froid ponce le pointu des os. Perdre les os. Contracter les mâchoires. La Schwester est là, se penche sur ton visage, le sien est lisse, sans expression. Elle imbibe un morceau d'ouate, elle dit schnell, schnell, on dirait qu'elle a peur, schnell, qu'il ne faut pas qu'on la surprenne avec de l'ouate et le flacon, elle accomplit des gestes interdits et toi Mila, tu obéis, tu respires vite. Ça sent l'amande, c'est froid comme la neige, ça allège tout le corps et décolle la douleur, empêche le cri. Tu appuies le coton contre tes narines, y fais entrer davantage de neige et d'amande, mais la Schwester le retire, das ist genug, juste avant la torpeur. Elle referme le flacon, elle te soulève, Mila, et tu ne pèses rien, tu te laisses faire, algue et nuage, elle te tire sur une paillasse couverte d'un drap blanc, puis elle appuie sur le haut de ton ventre et tu redeviens viande et tu mords ta bouche, chhhhhh.

La main de Mila tâte le sol, cherche l'ouate chloroformée tandis que sa peau se déchire. Ruhe, Fräulein, articule la Schwester mais le son franchit les lèvres de Mila alors la Schwester noue un bâillon sur sa bouche. Le sang bat aux gencives, bat aux tempes, bat dans la poitrine, dans les seins durcis, bat entre les cuisses, bat dans l'utérus, souille la bouche et le foulard, chhhh, souffle la Schwester, le sang pulse dans les veines étroites, Mila obéit à l'infirmière, suit ses mouvements de sémaphore : elle abaisse les bras, mains flexes au bout des poignets, Mila pousse et ses yeux se décillent ; la Schwester ramène les mains vers sa poitrine et gonfle sa cage thoracique, Mila inspire, écartelée. Et cela dure et se répète, cette langue muette, il faut pousser, inspirer, pousser encore, durcir le ventre et avaler le cri. À un moment un bout de chair est posé dans le cou de Mila bâillonnée, elle touche la chose rouge sortie du corps sans os, muette, épuisée, cette chose a un visage, elle ne pleure pas, elle est peut-être morte ou bien elle connaît les mots d'ordre, Ruhe, schreist du nicht, ne dérange pas le docteur, la chose sait, se tait, c'est un bébé de Konzentrazion lager. Ein Junge, un garçon, dit la Schwester, et aussitôt Mila pense un garçon c'est solide. Mila tâte la chose rouge et silencieuse, une tête, deux oreilles, deux bras, deux mains, une autre vague contracte l'utérus, la Schwester jette ce qui en sort, Mila se rappelle la poche translucide autour de ses chatons, qu'ils crevaient et que la chatte avalait illico, elle poursuit son repérage, deux jambes, deux pieds, un bébé de Ravensbrück pareil à un bébé du dehors. Elle doute quand même, elle se soulève et le sang coule sous son bassin, elle veut voir si l'enfant a deux yeux, deux narines. Deux yeux, deux narines, une bouche sous les sécrétions rouges et blanches, alors Mila se rallonge tandis que la Schwester enfonce un linge entre ses cuisses, dénude son sein et y colle l'enfant. Au plafond le blanc tremble. La mouche se cogne. Une femme tousse, crache. Odeur de sang, d'amande, de soupe. La matière visqueuse sèche entre les cuisses et dans le cou de Mila où la Schwester a posé l'enfant. Les os perdus il reste la muqueuse, la masse molle, palpitante, sans tenue. Des flammes de bougies oscillent. La voix de Teresa, une autre voix qui dit elle a perdu beaucoup de sang. Le vent dans les branches de pin colporte des murmures, des babils d'anges, Solange mon seul ange, chhhh, le vent s'enroule dans les cheveux de Mila en passant la fenêtre. Elle serre la couverture qui enroule l'enfant, s'endort, elle croit, Teresa a raison, que le dedans, le dehors se touchent, dehors la vie en attendant la mort et dedans pareil, dehors des grossesses et des nourrissons rouges, dedans les mêmes, et Ravensbrück un pan du monde où la vie s'accomplit comme ailleurs. Les pins chuchotent une berceuse espagnole, *las hojitas de los árboles se caen, viene el viento y las levanta y se ponen a bailar*, une histoire de feuilles qui dansent, qui se décrochent et dansent et ne tombent pas, la main de Lisette est une feuille blanche et souple qui caresse le front, douce, fraîche, légère comme une feuille d'aulne.

Il n'est plus là. Fräulein! Mila le cherche, la couverture a disparu. Wo ist mein Kind? La Schwester accourt un doigt sur la bouche, ein Moment. Elle revient quelques minutes plus tard et lui tend l'enfant. Mila le tient devant elle, le fixe. Il fixe Mila. Alors c'est toi. Le sang a séché sur sa peau, c'est un enfant rouge aux cheveux collés de sang, aux ongles noirs du sang noir de sa mère, aux narines bordées de sang coagulé, aux plis de sang sec, il sent le fer. C'est lui. Couvert de croûtes. Mila demande de l'eau. Kein Wasser, il n'y a pas d'eau. On lui apporte le café du matin. Elle souffle sur le café, souffle patiemment. Elle s'assoit, trempe ses doigts dans le jus noir, lave l'enfant par-dessus la gamelle, centimètre par centimètre, lave le sang, les croûtes, l'essuie avec son mouchoir. Sous ses doigts le crâne est mou, elle se demande si l'enfant est fini, si c'est normal cette tête sans os, elle a perdu les os. Il la fixe de ses yeux noirs, des yeux vernis, il suce le dos de sa main et ses cheveux très noirs sont un duvet d'oiseau. Wie heisst er ? demande la Schwester, comment il s'appelle ? Mila regarde l'enfant. James, dit-elle sans réfléchir, comme s'il avait parlé pour elle. Elle n'y avait pas pensé, pas choisi de prénom, pour ça elle attendait que l'enfant ne soit pas mort. Les lettres s'agrègent les unes aux autres et dans l'épuisement, la douleur qui la rouent, James lui plaît, James comme son père, un accord inattendu, déroutant et ouvert : la do do mi fa#, auquel il faut une suite, qui appelle résolution, un prénom de commencement. Pouvoir nommer, c'est une joie violente, plus encore que celle de voir le visage de l'enfant, plus que celle d'être mère – elle a peur d'être mère. Mais nommer quelque chose qui n'appartient pas complètement au camp, quelque chose à soi. James. Prononcer, décider James, quitter le camp. Le temps de dire James prendre son corps à son cou et franchir les hauts murs. Puis la Schwester annonce que James porte le numéro de Mila greffé d'un bis, et sa voix prononce la phrase inscrite sur le registre : Langlois James, politische Deportierter, Franzose, geboren am 29. September 1944, 12 Uhr – Ravensbrück. Voilà, James a un numéro. Alors lui aussi est à eux. La Schwester indique à Mila une paillasse à partager avec une malade, une femme couchée qui tremble constamment. Puis la Schwester reprend l'enfant. Mila demande où elle l'emmène. Ins Kinderzimmer, répond l'infirmière. Ins Kinderzimmer ? Ja. À la chambre des enfants.

Mila s'applique à ne pas toucher la femme. Elle est très jeune et ne parle ni français ni anglais. Elle s'appelle Cili, dit la Zimmerdienst tchèque qui nettoie le dortoir, comme si ça la rendait humaine qu'elle ait un nom, cette forme cachée par le drap dont on ne distingue que la chevelure sale. Mila se tient sur la tranche, serre contre elle le drap qui frotte ses mollets à cause du tremblement de Cili. Depuis la quarantaine, elle sait que les microbes circulent d'un corps à l'autre. Du corps de Cili au sien, du sien au corps de James. De toute façon le médecin allemand en visite ordonne à Mila de se lever, elle n'est pas malade, elle n'a pas besoin de rester couchée, elle a la nuit pour dormir, faule Dummkopf, paresseuse imbécile. Alors elle est assise au bord du lit.

Das Kinderzimmer. La chambre des enfants. Des bébés, sûrement, puisque les plus grands sont laissés dans les Blocks, jouent aux billes et aux SS et se giflent sur la Lagerplatz, Mila s'en souvient. Là doivent être les bébés qui naissent et que jamais on ne voit à l'Appell, invisibles, depuis cinq mois que Mila les cherche. Là les bébés, peut-être, mais où les mères ?

La Schwester appelle Mila, lui demande de la suivre. Elle passe l'angle du couloir, traverse le Tagesraum du Revier, la pièce commune, et ouvre une porte. Une très jeune fille se tient derrière, presque une enfant avec ses boucles blondes, ses yeux bleus, sa peau blanche de sortie de couvent. Je m'appelle Sabine, elle dit, je m'occupe des nourrissons. Et devant l'étonnement de Mila elle ajoute, balbutiante : mon père est pédiatre. La Schwester s'en va. Sabine reste dans l'embrasure de la porte, en maintient minimale l'ouverture, fait barrage au corps de Mila. Elle demande si c'est bien James que Mila vient chercher et Mila acquiesce. Une autre jeune femme s'affaire au fond de la pièce, on ne voit que son chignon brun. C'est pour James! dit Sabine sans se retourner. Un temps, puis la femme du fond marche vers la porte et tend doucement un bébé à Mila. Il porte une brassière blanche et un bracelet en tissu noué à son poignet, pour ne pas le confondre, dit Sabine. Mila voudrait demander comment on pourrait le confondre, combien de bébés compte la Kinderzimmer, mais James cherche le sein de sa mère et Sabine indique à Mila une chaise dans le Tagesraum, lui demandant de frapper à la porte à la fin de la tétée.

Mila s'assoit. Soulève sa chemise, dénude un sein minuscule dont le téton couvre presque toute la surface. Elle place la bouche du bébé sur le sein, il tire, c'est une sensation étrange, neuve, qui ne ressemble pas aux baisers de l'amant. James la regarde, ses billes noires dans les yeux noirs de Mila, d'un sérieux extrême. Elle se demande si c'est ce qu'il faut faire. Si elle le tient comme il convient. Combien de temps ça dure, comment savoir si l'enfant a fini, s'il va s'arrêter seul quand il n'a plus faim ou s'il faut le décider soi-même. Cela surtout : si le sein contient quelque chose. Par-dessous la chemise elle pince le sein gauche, il en sort une goutte translucide qui la rassure, mais tout de suite : est-ce qu'il y en a assez? Est-ce que ça se renouvelle? Ils se fixent tous les deux, lui les poings serrés, le corps inerte, les pupilles épinglées à celles de sa mère. Elle au bord de sourire mais n'osant pas, démunie comme devant un outil inconnu, incapable de juger de sa bonne marche et elle pense : James je compte sur toi ; aide-moi ; montre-moi.

Une autre femme arrive, elle porte un bébé elle aussi, dont Mila ne voit pas le visage. Dzień dobry! Une Polonaise. Elle s'assoit en face de Mila, installe l'enfant sous sa chemise, et il semble à Mila que ce sont les mêmes gestes qu'elle. Elle rassemble les mots de polonais enseignés par Teresa, elle se présente : jestem tzw Mila, jestem francuski. Et la femme répond avec un sourire : jestem tzw Magda. La femme est tranquille, à sa vue Mila s'apaise. Elle attend. Elle la regarde. Elle n'a pas idée de la suite. Du fonctionnement de son corps et du corps d'un bébé. Une troisième femme entre, hoche la tête en direction de Mila et de Magda, s'assoit sur une chaise, met son enfant au sein. Il fait froid. On dit que l'automne et l'hiver sont rudes ici, déjà on souffle dans ses mains. James lâche le sein. En face, Magda change son bébé de sein alors Mila fait de même. Mais James ne tête plus. Il a fermé les yeux. Mila soulève sa toute petite main et les doigts s'ouvrent comme un soleil : il n'est pas mort, il dort. Mila le berce contre elle, puis le tient à bout de bras et le regarde encore car elle a oublié son visage. Elle pense qu'il a une tête de boxeur, avec ses yeux comme gonflés par K.-O., ses poings fermés devant lui, prêt à se battre, son nez déformé par le passage entre ses cuisses. Mon petit Cerdan, elle dit, devant ses paupières closes, il est loin, James, il dort, il s'en fout, mon mini-bombardier marocain, mon James ; et avant de le rapporter à la Kinderzimmer, à la très jeune fille, elle embrasse son front doux. Gardant la porte, empêchant les regards de pénétrer la pièce, Sabine lui dit de revenir au réveil, le lendemain, la nuit ce n'est pas possible. Est-ce que c'est Ravensbrück, ou bien les bébés ne mangent pas la nuit ? Petit boxeur, peux-tu attendre? Vagues souvenirs de cousines réveillées toutes les deux ou trois heures par leurs bébés affamés, de cris de nourrissons traversant le plafond rue Daguerre, du père un coussin serré sur l'oreille pour dormir malgré tout. Le mieux, maintenant, c'est ne pas se souvenir. Elle se couche avec Cili.

Le lendemain elle retourne quatre fois à la Kinderzimmer. Quatre fois on lui tend un bébé à bracelet et brassière blanche, progressivement moins blanche. Quatre fois elle met l'enfant au sein dans le Tagesraum, change de sein, et de nouveaux visages se montrent, de nouvelles mères portant de petits paquets silencieux, qui s'assoient sur des chaises collées contre les murs, formant à elles toutes une ronde étrange, décharnées comme elles sont, muettes, vieilles femmes allaitant, et sûrement elles n'ont pas trente ans. Elles se saluent chacune dans sa langue, Polonaise, Tchèque, Hongroise, Flamande, Russe, Anglaise, Allemande, et aucune Française, aucun visage connu, à croire que toutes sont éparpillées dans les trente-deux Blocks. Mais il faut se rappeler ce qu'a dit Marie, la Schreiberin : dans le camp on compte maintenant plus de quarante-cinq mille femmes, les visages et les voix familières sont toujours un miracle. Les mères avancent leurs chaises les unes vers les autres. Referment le cercle parfois, espérant que le peu de chaleur produit par les corps se maintienne mieux dans la proximité, s'augmente, se partage, mais ça ne dure pas : la Schwester les renvoie contre les murs glacés après quelques minutes ; c'est déjà ça de pris.

Le troisième jour est le dernier au Revier, la Schwester l'a dit, ce soir il faudra rejoindre le Block.

Pour James, on ne dit rien à Mila. Mila frappe à la porte de la Kinderzimmer. Sabine ouvre, elle a deux bébés dans les bras et tend un nourrisson à Mila. Ce n'est pas James, pas son bracelet, pas de cheveux ce bébé. Mais Sabine est repartie vers les châlits couverts d'enfants, son aide hollandaise est malade, elle est débordée, elle demande à Mila de patienter et de tenir celui-ci qui l'encombre. Alors Mila regarde dans ses bras. C'est laid. Ça a la taille d'un bébé. Une tête de vieillard. Une peau jaune. Fripée. Pomme pourrie. Un ventre ballonné. Pour vêtement ça porte un chiffon sale. C'est maigre. Si peu de chair autour des os, des mollets en gressins, dans l'histoire de Hänsel et Gretel l'enfant tend à la sorcière un index épais comme un os de poulet. C'est froid. Marbré de bleu. Mila tétanisée fixe le petit être. Quand Sabine revient vers elle, merci, donnez-le-moi, elle demande ce qu'a l'enfant. Sabine le reprend, le berce, et tout bas elle murmure : ce qu'il a ? Faim. Mais déjà une autre main frappe à la porte.

Mila avance à pas lents dans la pièce. Il y a une table, une petite armoire, un lavabo, deux corbeilles, un poêle éteint, et le point clair d'une fenêtre. Elle va, aimantée, vers les châlits, le ventre noué, traversant une odeur de merde et d'urine. Alors elle voit les crânes des bébés alignés sur les deux étages des lits superposés, serrés les uns contre les autres, immobiles. Et s'approchant davantage, les peaux moitié nues, les langes puants et pleins. Et les visages. Des vieillards miniatures en série, semblables à la créature tenue tout à l'heure, figures plissées et jaunes, ventres gonflés, jambes maigres et bleues. Quinze petits corps en haut, quinze en bas, deux fois, les plus chétifs et ridés réunis sur une même paillasse, collection de monstres minuscules. Et James, là-haut, qu'elle aperçoit soudain et que tout de suite elle retire du lot, elle reconnaît son bracelet, elle embrasse sa tête molle et il ouvre les yeux. James aux joues roses, lui, James au sang sous la peau, James au faciès de bébé.

— Vous ne pouvez pas rester ici, prenez James, allez au Tagesraum.

Mila ne bouge pas. Elle serre James contre sa poitrine.

— À qui sont ces bébés?

— Aux prisonnières.

— Quel âge ont-ils?

— Trois mois au plus.

— Et après?

Sabine ramène une mèche de cheveux derrière son oreille.

— Je dois vous laisser, je n'ai même pas un lange par enfant et ils ont la dysenterie, je dois m'occuper d'eux, je suis seule aujourd'hui…

— Où est-ce qu'ils vont après trois mois?

Sabine mord sa joue, fixe la fenêtre au fond. Une toux minuscule tombe du haut d'un châlit. Mila hausse la voix, c'est la première fois depuis le camp.

— Où est-ce qu'ils vont?

Sabine inspire une large goulée d'air.

— Ils meurent.

Cette fois James prend à peine le sein. Il agite les jambes comme un insecte basculé sur le dos. Mila presse ses seins l'un après l'autre. C'est sec. Sabine dit qu'il n'y a plus de lait en poudre, peu d'enfants sont morts aujourd'hui et la règle établie par l'infirmière SS est stricte : une boîte de lait de la Croix-Rouge par petit cadavre déposé à la morgue. Alors Mila retourne au Tagesraum, place son doigt dans la bouche de James. Il tète sa peau, en attendant.

Plus tard, Sabine appelle Mila. Elle ne fait plus le paravent dans l'embrasure de la porte, elle ouvre grand à Mila, qui a vu la Kinderzimmer. Sabine revient de la morgue, la Keller, il y a des bébés morts, donc du lait. James va pouvoir manger. Sabine s'empare de la boîte de lait, secoue la poudre et l'eau dans un flacon en verre, y fixe le doigt coupé d'un gant chirurgical, dont elle perce le bout avec une aiguille. Un trésor, elle dit. Deux gants volés, deux vies risquées, dix tétines pour cinquante bébés ; prenez-en soin.

Dès le soir, la réserve de lait est tarie en dépit de nouveaux petits morts : l'infirmière SS en nourrit une portée de chatons. Alors Sabine présente à Mila une prisonnière russe, Irina. Elle dit qu'hier sa petite fille est morte. Qu'elle a du lait. Qu'elle est d'accord pour allaiter James. Mila dévisage la femme. Ses joues rondes encore, sa poitrine tendue. Une vraie humaine. De vraies humaines vivent encore ici. Depuis combien de temps est-elle à Ravensbrück ?

— Dites, pourquoi elle fait ça…

— Parce qu'elle a mal aux seins, parce qu'elle imagine que vous le feriez aussi, parce qu'être utile ça maintient en vie. Peu importe, James a de la chance.

Mila demande comment on dit merci en russe ; spacibo. Qu'elle ne me le vole pas, supplie silencieusement Mila, le pain, le mouchoir, le chapelet en pièces électriques Siemens, les photos du père et du frère, les chaussettes, même la gamelle mais pas lui, je veux dire de l'intérieur, qu'elle ne le prenne pas en elle, cette femme, qu'elle ne prenne pas ma place en lui.

Irina suit Mila au Tagesraum. Accroche à son sein l'enfant. Elle doit se figurer sa fille à cette place, Ania ou Eva ou Bela, d'ailleurs sa bouche articule des mots inaudibles pour l'enfant qui tète, un poème peut-être, des noms tendres, c'est une voix douce et grave que Mila écoute en promenant ses doigts sur le front de James, et elle se demande ce qui passe dans le lait de la femme, si l'amour est contenu dans ce fluide offert, versé d'un corps à l'autre. Et puis elle laisse sa tête rouler contre le dossier de la chaise, ramène ses mains sur ses genoux. Elle regarde Irina et James dans leur quiétude, dans la satiété provisoire, car il est évident qu'ils se nourrissent l'un l'autre, réciproquement. Elles se reverront demain, à la Kinderzimmer. James y reste, vit là. Mila est provisoirement dispensée de travail mais ignore jusqu'à quand, elle peut donc emprunter son fils le temps de quatre tétées par jour à partager avec la Russe au Tagesraum, puis James reprend sa place numérotée entre les petits vieillards aux os de poulet. Son temps de nourrisson s'écoule ainsi, immobile, baigné de merde et d'urine, les doigts gelés par l'automne avancé.

Avant de quitter le Revier pour rejoindre son Block, Mila se penche sur le lit de Cili, veut lui dire au revoir. Elle trouve la paillasse vide. La Zimmerdienst passe le balai, et dépliant un drap, annonce qu'elle est morte.

Marcher seule. Traverser la Lagerplatz embuée après l'averse, le pas lourd de la boue collectée sous les semelles des pantines. Se frotter les bras sous l'air vif, cacher ses mains sous les aisselles, la gorge aspire cette fraîcheur déjà marquée, et ce n'est que le début d'octobre ; les gencives font mal au moindre courant d'air engouffré dans la bouche. Plisser les yeux, plus habitués à la lumière extérieure, transpercés par les reflets argent des flaques semées en pas japonais. Voir passer des ombres, des ombres d'ombres courbées sur elles-mêmes, sur les poitrines frappées par la bronchite, la pneumonie, toux et crachats ravalés. Plus loin la tente, le Block 25, le grouillement invisible qui râle, chuchote et geint. Voici le Block de Mila. À en juger par le clair-obscur et le soleil enfui c'est presque le soir, les colonnes de travail ont dû rentrer. Mila se demande si Louise est là. Si Adèle est là. Si Marie-Paule et Marie sont là. Si Teresa l'attend. Si elle sait qu'elle rentre ce soir. Si elle partage sa paillasse avec une autre prisonnière, si elle a une place pour dormir. Si Teresa est partie en Kommando extérieur dans une usine, un chantier quelconque. Si Teresa est vivante. La boue gicle sur ses chevilles, les macule de noir. Le lac doit être noir sous un ciel pareil, les bleus et les verts du ciel, des arbres, de l'herbe vont tendre vers le noir jusqu'à l'hiver.

Elle entre dans le Block, la Blockhowa saisit le papier du Revier, la dispense provisoire de travail, la permission pour la Kinderzimmer, et à Mila qui déjà cherche les yeux de Teresa, les voix de Marie-Paule, Louise, Adèle, Marie, le buste tendu vers le fond du dortoir où s'entassent les Françaises, une Aufseherin prescrit pour insolence une heure de pose dehors, devant le Block. Une heure debout dans la nuit qui vient, quand la Polonaise qui sert la soupe traîne le bidon à l'intérieur du Block et en remplit les gamelles. Une heure lèvres bleues, respirer par le nez surtout, ne pas refroidir la poitrine, ne pas tomber malade.

À l'intérieur l'attend une gamelle de soupe, froide, mais remplie à ras bord par les camarades assises sur les paillasses, exactement à l'endroit habituel. Teresa lui a gardé la place, une Tchèque a dormi là et a promis de partir quand Mila reviendrait.

— Alors il s'appelle James ?

— Et il est beau, pas vrai ? Un petit boxeur tu dis ? Fallait l'appeler Marcel !

— Comment ça la Kinderzimmer ? Qu'est-ce que c'est que ça ?

— Ben alors, on meurt comme des mouches mais les bébés vivent ! Ces Boches, aucune logique.

— Plains-toi donc !

— Y a eu un transport noir encore, hier.

— Je t'ai tricoté des petits chaussons avec de la laine de carte rose. Georgette te l'aurait fait si ça avait pas été moi.

— J'ai des langes, organisés aux wagons de pillage.

— Et avec ce tissu, tu peux lui faire une chemise, non ?

— Ah, ils manquent de charbon… Pauvres petits. Deux briquettes par jour, c'est rien.

— Moi, je connais des tas de bûcheronnes, je n'ai qu'à lever le petit doigt et tu auras du charbon ! J'ai rendu service à tellement de prisonnières !

— Eh ben Adèle, à nous tu l'as pas proposé ton charbon, et on se les gèle la nuit !

— Vous ne m'avez pas demandé.

— Arrête de dire n'importe quoi…

— James, c'est pas anglais ?

— Mais j'y pense, et le baptême ?

Ce qu'elles disent importe peu. Ce qui compte c'est qu'elles parlent, qu'elles tissent un châle de voix mellifues autour de Mila revenue, qu'elles ont brodé le nom de James sur un bout de mouchoir, ont stocké langes, tissu, chaussons sur sa paillasse comme autant d'armes de combat, autant de cœurs battants, qu'elles ont rempli la gamelle de soupe, qu'elles s'approchent, toutes haleines mêlées, épaule contre épaule, se tiennent chaud comme elles peuvent, forment rempart autour de Mila, les vivantes, tandis que les mortes aimées flottent tout autour et sans épouvante, Georgette, Violette, Lisette brûlant dans les flammes carmin du Krematorium et tellement d'autres, sentinelles, qu'elles couvent ensemble cette possibilité folle, cette vie hébergée dans la Kinderzimmer, contre toute logique. Quand Mila ferme les yeux, lovée dans les creux de Teresa, le souffle de Teresa dans sa nuque, les mains de Teresa sur son ventre, deux plaques tièdes et fermes, Mila a cette pensée étrange, incongrue, évidente, d'être rentrée à la maison. Home, dirait un Anglais, dirait le père de James. Home, chez soi, dans le lieu protégé et sûr. Dans la matrice.

— J'ai été enceinte, dit Teresa. J'ai perdu le bébé à trois mois.

— Comment ?

— Un jour il est tombé, comme un fruit pourri. Je ne voulais pas avoir d'enfant. Il a dû le sentir, que je n'étais pas une branche solide pour lui.

— Mais tu veux de James ?

— C'est toi sa branche. Moi, je suis la tienne. Je suis assez solide pour ça.

Quatre fois par jour, la traversée de la Lagerplatz dans les deux sens, la Kinderzimmer, les bras tendus de Sabine aux yeux cernés portant James en brassière tachée, en contrechamp la silhouette de la Hollandaise penchée sur les châlits. Un tel silence habite la pièce que les crânes alignés semblent un charnier miniature – rien ne bouge, aucun son si ce n'est, de temps à autre, le gargouillis des viscères en souffrance. Quatre fois par jour la petite tête mal fixée de James fouille le creux de son cou, il sent la colique, le lait rance. Quatre fois Irina sur une chaise, la bouche de James pleine du mamelon rose pâle. Quatre fois par jour les yeux de Mila rivés à l'enfant, espérant que quelque chose dans son regard le nourrisse comme le lait d'Irina, jusqu'à ce que Mila renonce, jusqu'à ce qu'aimer James, être sa mère, prenne la forme d'un consentement à l'abandon de tout privilège, y compris celui de l'amour préférentiel. Quatre fois par jour la tétée, et plus les jours avancent, plus elle dure, le lait se raréfiant, a expliqué Sabine, Irina et James s'épuisant à combattre le froid, la faim, de plus en plus faibles : elle les seins taris, lui la bouche fatiguée, appliquée à tirer sur le téton qui échappe constamment, les lèvres usées. Deux heures, trois heures, quatre heures par tétée, parfois seize heures par jour assises au Tagesraum, yeux mi-clos, réveils brusques et grelottants, se demandant l'heure, s'il faut reprendre ou arrêter, si James est rassasié. Irina maigrit, elle passe ses nuits couchée sous les châlits de la Kinderzimmer à chasser les rats affamés : ils griffent les bébés au sang, grignotent leurs phalanges, leurs lobes d'oreille, leurs orteils, leurs nez, toute excroissance où planter les dents. Une fois, Mila voit Schwester Elena soulever les nourrissons dans la Kinderzimmer, embrasser leurs joues, leurs ventres rebondis, leurs cuisses nues et bleues en riant de joie, et même en bercer un, les

133

lèvres appuyées sur son front laiteux, on dirait une mère. Elle frotte son nez contre le nez minuscule, un baiser esquimau, il y a dans ses yeux un éclat, une lumière effrayants tant elle semble sincère. Mais quand Schwester Elena découvre la petite Tchèque lacérée de plaies violines, brassière poisseuse de lymphe, le nouveau-né hongrois aux narines rongées, les mains lépreuses, elle écarquille les yeux puis comprend – les rats – et a un sourire amusé : wie Schade! quel dommage! Elle appelle Schwester Eva, Eva, komm und sieh! L'autre accourt, voit. Sabine demande du poison, Rattengift bitteschön. Für die Kinder? Pour les enfants? demande Schwester Elena. Puis elle secoue la tête avec un petit rire : Nein, nein, Ratten lieben frisches Fleisch! – pas de poison pour les enfants, les rats préfèrent la chair fraîche.

Des mères quittent Ravensbrück, acceptent de partir en Kommando extérieur, c'est Sabine qui l'a dit. Elles s'en vont avec leur enfant, ça ne peut pas être pire que Ravensbrück, que la faim, la maladie, le dénuement total. Elles travailleront assises, on le leur a promis, à la campagne, le bébé à proximité. Mais quand les robes numérotées reviennent au camp, quelques jours plus tard, sacs vides semblables aux robes rapatriées des transports noirs, balles dans la nuque, famines, épuisement, gaz, qu'importe, on sait que les Kommandos de mères vont vers la mort.

— Je veux voir James, dit Teresa.
— Tu es au Betrieb toute la journée.
— La dernière tétée, avant le couvre-feu, je veux essayer.

— Tu n'as pas de laissez-passer.

— Tant pis.

— Tu es folle.

— Il y a tellement de prisonnières. Tu vois bien, le mouvement continu. Ils ne peuvent plus nous surveiller toutes à la fois.

— Et s'ils t'attrapent ?

— C'est un risque à prendre. Ce soir je viens avec toi.

Il faut juste couler, explique Teresa, comme un fleuve. Patiemment, tout en langueur, d'un lieu à l'autre. Se répandre avec lenteur. Glisser. Passer de la colonne de travail au Revier, évoluer parmi les mortes, moitié mortes, les vivantes entassées dans l'attente, centimètre après centimètre jusqu'à la Kinderzimmer. Se fondre pas à pas dans chaque paysage et y faire halte suffisamment pour faire croire qu'on lui appartient, qu'on en est une figure familière. C'est un mouvement ultra-lent, presque pas un mouvement, pas visible à l'œil nu, une reptation tranquille façon rayon de soleil, le déplacement d'une ombre du matin vers le soir. À la fin, Teresa entre au Tagesraum du Revier, et nul ne l'en empêche : c'est comme si elle avait toujours été là.

Elle y est. Elle voit Mila, Irina et James, corps et tendresses noués comme les nœuds du bois. Elle tire une chaise, s'assoit. Promène sa main sur le crâne de James. Déplie une étoffe bleue organisée aux wagons de pillage, l'étend sur James. Il a un mois, elle dit, il a une tête de vieux. Elle passe ses doigts sur le front raviné, les plis autour de la bouche et des yeux. Un vieux, modèle réduit, le cheveu clairsemé, la gencive nue, l'intestin relâché. Peau sèche ouverte d'un coup d'ongle. Mila voit qu'il est vieux. Mais c'est venu doucement, jour après jour, ça ne l'a pas frappée d'un coup comme Teresa, et elle a vu d'autres nourrissons bien plus marqués que James dans les bras des mères. Jeune, vieux, elle a oublié l'esthétique de l'âge, oublié l'existence d'enfants avec joues et muscles. Teresa se lève, va de chaise en chaise, de mère en mère. Celui-là est rose, elle dit, il vient de naître. Elle revient vers Irina, embrasse le dos de la main de James.

Was machst du hier? Elles ne l'ont pas vue venir, l'infirmière aux souliers silencieux. Celle qui a accouché Mila, qui a pressé sa main contre sa bouche et volé du chloroforme pour lisser la douleur. Elle fixe Teresa. Elle répète, presque à voix basse : was machst du hier, qu'est-ce que tu fais ici ? Je suis venue voir ma sœur, répond Teresa. L'infirmière lit les lettres cousues aux manches de Mila et Teresa, F pour France, P pour Pologne. Hast du eine Schwester in Frankreich? Tu as une sœur en France ? Mila serre les mâchoires, ça fait combien de coups de bâton, une sortie clandestine ? vingt-cinq, cinquante ? L'infirmière s'approche à petits pas, elle ne dit rien, penche la tête, regarde James. Combien de coups ? le Strafblock ? le Bunker ? Wie schön... qu'il est beau. Elle sourit. Schwester Elena aussi a souri aux bébés avant de se tordre de rire face aux blessures infligées par les rats. L'infirmière enfonce ses mains dans ses poches. Du kannst noch zehn Minuten hier bleiben, dann raus, dix minutes encore, puis dehors. L'infirmière s'en va comme elle est venue, sans bruit et, on dirait, sans haine.

Irina rentre son sein, tient James contre elle, lui tapote le dos. Puis Teresa le saisit, le regarde droit dans les yeux : James, tu dois tenir. Je t'ai pris une couverture bleue. Tu as le sein d'Irina. Tu as ta mère et tu m'as moi. On va te trouver du charbon. Tu dois tenir, James. Car James l'ignore, lui aussi est une branche. La branche de Mila, de Teresa, peut-être bien d'Irina.

On ne connaît plus les visages. Ça n'a jamais été si dense, si plein, si renouvelé, Ravensbrück. Des arrivages des camps que l'Armée rouge approche à l'est, qu'il faut évacuer à pied, et qui viennent remplir les châlits par centaines, y ajouter des étages, saturer les paillasses, trois à quatre corps s'y relaient quelquefois pour dormir. On entre dans les Blocks par les fenêtres, on ne connaît plus les visages, aucune chance, les vivants et les morts se suivent sans interruption et la tente du Block 25, à même le sol où la boue ondule sous les vers, est remplie de nouvelles prisonnières avant qu'on évacue les cadavres. Il n'y a plus de boue maintenant, dit Teresa, il y a des corps, des visages familiers qui s'altèrent au point de ne plus coller avec l'image qu'on en avait la veille, en quelques heures tu perds ton visage. Des enfants mendient, les Verfügbars se cachent à peine, les Schmuckstücks aux épaules voûtées errent en se grattant la tête sans qu'on les menace de tonte. Tout d'un coup la schlague s'abat, tout d'un coup c'est une sélection, le camion prêt à charger, les cheveux blancs, les jambes enflées, les plaies purulentes, et pour compléter le quota pas atteint, des femmes sont saisies au hasard dans les Blocks et les allées du camp, juste à distance de bras. Tout à coup le Bunker, le Strafblock, insultes, chiens, sang, craquements d'os, puis plus rien. Tu reviens des wagons de pillage trois livres planqués sous ta jupe, même pas une fouille. Le lendemain, pour un mot échangé pendant l'Appell, tu risques cinquante coups de bâton. On recrute des cartes roses, campagne massive d'enrôlement de femmes de plus de cinquante ans, de malades, de prisonnières improductives à qui on confie une paire d'aiguilles à tricoter et qu'on promet d'emmener, bientôt, en camp de repos où elles seront traitées avec égards, alors beaucoup se portent volontaires, naïves ou épuisées, croyant enfin échapper au martyre et s'y précipitant sûrement, car qui est vraiment dupe ? le repos éternel, c'est la mort. Vagues d'arrivantes des territoires de l'Est aux visages inconnus, de la Pologne libérée, rumeurs, bobards, nouvelles de la France reconquise, jubilations éphémères, Adèle riant du matin au soir imaginant son cheval blanc qui l'attend à la gare avec la calèche, vous verrez mesdames, la Pologne délivrée et puis la vague vers l'ouest, Ravensbrück balayé par l'avancée des Russes et nous, libérées, on y est presque, à la jonction de l'Est et de l'Ouest ! Alors mesdames la route vers Paris, l'accueil à la descente du train ! – et tous les jours le crématoire brûle les traces, consume l'horreur, efface, d'heure en heure, les crimes commis, les dizaines de milliers de corps torturés, éradique les preuves, détruit les visages : regarde Adèle, regarde, c'est comme si on n'avait pas existé.

Trop de visages, trop d'estomacs à Ravensbrück, la soupe manque. Y flottent des pansements, des bouts de serpillière qui ont l'avantage de devoir être mâchés longtemps : si tu mâches tu salives, ta langue dégonfle et s'hydrate, c'est bien. Mila vole des rutabagas, des carottes débarquées du lac, elle se sert dans les tas qui gèlent dehors, près des cuisines.

Elles s'y mettent à plusieurs, à trois ou quatre et à tour de rôle, Marie-Paule, Louise, Marie, Teresa et des femmes plus récentes dont les surveillantes connaissent mal les traits, les confondent, elles ne les retrouveront pas, de toute façon une partie d'entre elles n'a pas reçu de matricule. Elles marchent ensemble droit sur les légumes, une seule dérobe, les autres font diversion, s'éparpillent dans toutes les directions, ça laisse moins de chance aux Aufseherins, aux chiens. Parfois il y a des pommes de terre, elles les glissent dans leur culotte et dans le Block les coupent en tranches fines, une fille a limé sa barrette pour en faire un rasoir, et moyennant une grosse patate pour la Blockhowa, elles obtiennent l'autorisation de les faire cuire à même le poêle en rondelles blondes. Il y a toujours une moitié de pomme de terre pour James, que Mila prémâche à la manière oiselle, et recrache dans la bouche du bébé en une purée liquide : Irina n'a plus de lait. Une Hongroise prend le relais, James boit du lait en poudre quand un cadavre est porté à la morgue et que les chatons de la Schwester ont suffisamment déjeuné. Certains jours c'est une autre, une Russe, une Polonaise, qui a perdu son bébé ou vient juste d'arriver au camp avec son nourrisson, du gras aux hanches et la poitrine généreuse. Il y a trop de peaux, de visages pour que James les retienne, la seule constante, c'est le visage de Mila.

Il fait froid. Sabine dit que c'est en mangeant que tu résistes au froid, moins tu manges plus tu as besoin de charbon, de chaleur extérieure. Alors le mot passe de bouche en bouche : du charbon pour la Kinderzimmer. Et Adèle, pour une fois, n'a pas menti. Elle commande aux bûcheronnes du charbon contre des tranches de pain. Voler est devenu plus simple, tu te perds dans la masse des corps innombrables, mous, malades, littéralement défigurés, ils n'ont plus de figure et l'un vaut l'autre, indistinctement, tu te fonds aux autres, toutes les femmes prennent ton visage et tu as le visage de chacune d'elles. Tu disparais, on ne peut plus te châtier. Un soir, une femme rapporte du charbon au Block. Mila prend les morceaux de charbon, gros comme des grosses pommes. Il fait moins de zéro, on a franchi la barre, la preuve la croûte mince sur les flaques d'urine. Tenir du charbon, cette masse noire, grasse et friable, c'est tenir un cœur dans ta paume. Mila se demande combien d'heures de vie supplémentaire contient chaque morceau. Elle glisse le charbon dans son petit sac, frotte ses doigts noirs dans le tissu intérieur de sa jupe. Elle sent le charbon taper contre sa cuisse. Elle lèche le fond de sa gamelle, elle s'apprête à sortir. Elle fixe la nuit claire, glaciale. Les contours nets de la lune, des étoiles, des branches nues des aulnes. C'est impossible de croire à un ciel si limpide ici, si beau.

— Donne-moi ça, murmure la fille sur le seuil du Block. Elle est jeune, brune, les cheveux en paquets de nœuds autour de la tête, les yeux brillants de fièvre.

— Te donner quoi ?

— Tes morceaux de charbon.

— C'est pour les bébés.

La fille danse d'un pied sur l'autre, frotte ses mains à sa jupe.

— Ma mère se vide, elle pisse son intestin, sans charbon elle est foutue.

— Je suis désolée. Adèle pourra t'aider, j'ai besoin de ceux-là pour les enfants.

La fille secoue la tête, ricane.

— Elle va crever, je te dis.

— Il y a cinquante enfants dans la Kinderzimmer.

— Ils vont mourir ces mioches, je t'ai entendue, tu as dit qu'ils avaient tous moins de trois mois et le tien n'est pas magique, il y passera comme les autres et c'est aussi bien pour lui. Moi, je ressuscite ma mère.

— Arrête.

— Donne-m'en un au moins, j'ai bien vu que tu en as plusieurs !

— Je ne peux pas.

— Contre un mouchoir…

— Non.

— Trois tranches de pain.

— Qui a trois tranches de pain !

— Du savon, je te jure que je peux en avoir demain.

— Si tu peux avoir du savon tu peux trouver du charbon.

La fille avale sa salive. Elle serre les poings. Ses lèvres tremblent et elle relève la tête, jugulant les larmes et la rage.

— De toute façon il va clamser, ton gosse !

Se rappeler, toujours, que le chien n'a pas mordu. Une chance sur un million, sur un milliard que le chien ne morde pas et cette chance, Mila l'a eue. Garder le charbon pour James. James est vivant. La fille retient la jupe de Mila. Tu ne pars pas, elle dit. Elle tient ferme, tire sur le sac, la ficelle casse et le sac reste dans la main de la fille. Maintenant elle recule vers l'intérieur du Block, le sac sur les côtes, mena-çant les yeux de Mila de son index et de son majeur aux ongles pointus. Alors Mila mord les doigts de la fille, les pointes d'ongles s'enfoncent dans sa langue mais la fille lâche prise. Mila attrape le sac et marche dans la nuit.

Depuis hier Mila est Zimmerdienst au Revier, femme à tout faire, pansements, nettoyage des sols, signalement des morts. Et même, lecture de partitions pour Schwester Eva, en échange de quoi elle reçoit une ration augmentée à midi, et revend sa soupe du soir contre un morceau de charbon qu'elle jette dans le poêle de la Kinderzimmer. Elle regarde le charbon se consumer en ravivant ses doutes, un charbon de collabo, elle le sait, elle achète à l'ennemi la vie de James, menue traîtrise, traîtrise tout de même, un lied pour Schwester Eva. Sabine lui a trouvé le poste, fatigant mais proche de la Kinderzimmer où Mila toque, entre dans la pièce et serre James un moment. November 17 aujourd'hui, la case est cochée au calendrier de la Schwester, au-dessus du bureau. 17 novembre, une date de quelque chose. Mila passe la serpillière sous les lits du dortoir saturé, entre les corps gémissants. 17 novembre, quoi déjà ? Une flaque de sang. Une flaque de merde. Plonger la serpillière dans l'eau froide et diluer les fluides, les sécrétions, répandre les microbes, les bactéries invisibles aux quatre coins du Block, copulation de typhus, diphtérie, pneumonie. L'important c'est que ça ne se voie pas, que ça ne pue pas, que ça fasse propre. 17 novembre, il y a un événement, c'est sûr. Par la fenêtre elle voit la pluie serrée, et le chantier d'un bâtiment de briques rouges déjà bien avancé derrière l'enceinte du mur. Alors on construit à Ravensbrück. Alors ce n'est pas la fin. On bâtit du neuf, on a des projets, on s'agrandit. Alors ils y croient encore. 17 novembre… une fête, un anniversaire ? Elle ramasse les gamelles, réveille les malades, les supplie d'avaler leur soupe avant qu'on les serve aux chiens – chanceuses, chuchote-t-elle à l'oreille de celles qu'on a servies, mangez, les demi-mortes ne sont plus nourries, des prisonnières assignées au Revier ingurgitent ou revendent leurs portions tous les jours, voyez cette garce d'Alina, la Polonaise, ses joues pleines, ses cheveux brillants. Et puis ça lui revient. 17 novembre, l'anniversaire du père. Elle compte. 1944. Presque cinquante ans. Le plus étrange n'est pas l'anniversaire, au Block il y a des tas d'anniversaires ; c'est l'idée du père. Son visage dissous, elle s'aperçoit. Sa voix. Depuis combien de temps s'est effacé le père. Le père, le frère, pareil, vaquant dans une existence dont elle ignore tout. Photographies dentelées abîmées par les caresses du pouce, leurs traits blanchis, fragmentés, leurs contours incomplets, et la mémoire est sans secours, elle n'en sait pas plus que ces clichés usés. Mila se tient devant eux comme devant ces villages noyés par les eaux, dont les formes floues flottent loin sous la surface. L'anniversaire du père. Le père. Le frère. C'était de l'autre côté, dans la vie morte. Déjà il n'y avait plus de mère, puis on a retiré le père, le frère, plus d'hommes, retiré Lisette, comme les musiciens se retirent un à un de l'orchestre dans la Symphonie des adieux de Haydn, la partition se dénude et à la fin c'est un souffle, violon solo, puis le silence. La vie maintenant c'est Ravensbrück, Teresa, James, des visages, des corps surgis ici qui n'ont aucun lien avec la vie d'avant, aucun souvenir commun. C'était il y a mille ans la rue Daguerre, l'établi aux odeurs de bois coupé, le piano déglingué, le magasin de musique, le restaurant La Fauvette et les restes de mousse de foie rapportés par Mathieu après le service. Mille ans la chaise roulante et grinçante, mille ans la vaisselle aux motifs de fleurs, mille ans les voilages au crochet offert par la tante de Mantes. Et identique le travail d'humain, de part et d'autre de la ligne de fracture, tous espaces et tous temps réunis : ne pas mourir avant la mort. Vivre, dit-on.

Le froid, c'est l'ennemi neuf. On frissonne dès septembre, on glisse d'abord sans douleur dans la fraîcheur, l'organisme s'adapte, consume ses réserves. Octobre est criblé de nuits sans sommeil, lèvres mauves, nez humide, premières fièvres. Tenir, tenir encore. En novembre, la neige, le mercure stagne au-dessous de zéro. Qu'est-ce que l'hiver à Ravensbrück ? Est-ce qu'on chauffe les Blocks ? Est-ce qu'on reçoit des couvertures ? Un vêtement supplémentaire ? Est-ce qu'on travaille dehors, moins longtemps ? L'intuition dit non à tout, au moindre confort, à la moindre dépense pour des Stücks interchangeables que le froid trie efficacement. Mila questionne Teresa, Teresa dit que l'hiver ici c'est exactement comme le printemps, comme l'automne, c'est comme tout le temps, en pire. C'est Ravensbrück plus le froid. Le froid du Mecklembourg, qui est pire que le froid. Ce froid augmente la faim. Ajoute des douleurs aux douleurs de ton corps, il mord avec les chiens, morsure sur morsure. Tu ne peux pas l'expulser, il se loge dans tes os, au creux du squelette. Le froid c'est ta moelle. Tu ne peux pas lutter.

Dans le Block, le poêle à charbon sert à cuire des pétales de patate et à chauffer la Blockhowa. Toute la nuit, les souffles conjugués des femmes se condensent, gèlent en fleurs de givre sur les vitres du dortoir et le matin, tu grattes avec tes ongles, tu casses tes ongles sur les vitres. Les couvertures sont rares, mouillées, le plus sûr c'est le frottement des peaux, dit Teresa, frotter tes mains, frotter tes pieds, créer de la chaleur primitive. Te coller au corps d'une autre, la bouche chaude entre ses omoplates. Ça fait longtemps que Mila et Teresa s'emboîtent.

Dehors, la première neige semble définitive. Les toits, la terre, les arbres nus se figent dans le blanc. Pas d'oiseau, silence hormis la chute feutrée d'un paquet de neige tombé d'une branche. Des corneilles se posent noir sur blanc, découpées au ciseau ; se perchent sur les villas SS, se lovent dans les fumées des feux. Toi, tu ne sens plus tes doigts. Tu ne sens plus tes pieds. Il y en a qui ont les orteils noirs, brûlés par le froid. Le coin de tes yeux gèle si tu travailles dehors, si tu poses longtemps. Quand tu fermes tes paupières sans larmes tu n'oses plus les rouvrir, de peur que la cornée se déchire. Des stalactites tombent des toits en fins poignards.

L'Appell est ta hantise. Tu es en robe et veste par moins quinze, moins vingt, tu ne sais pas, et peut-être la température va-t-elle tomber encore. Il fait nuit noire au lever, tu te tiens droite, tu fais la stèle dans la lumière des projecteurs orange qui resteront allumés jusqu'au jour, ça te rappelle ton arrivée, ton ignorance. Rien n'a changé. Tu crois savoir des choses, mais tout ce que tu apprends pose de nouvelles questions, renouvelle ton champ d'ignorance. Alors, l'hiver, ce sera quoi ? Le sol glacé glace tes pantines, minute après minute glace ta jambe, monte jusqu'à ton dos, glace tes lombaires, remonte ta colonne, ton cou est pris. Tu as glissé du papier journal sous ta robe, ça t'a coûté du pain et tu grelottes encore. Si l'Aufseherin presse sa main sur ta poitrine, si le papier journal craque sous la pression, s'il dépasse, s'il tombe au sol, tu te maudiras de ne pas t'être donnée au froid : c'est le Bunker direct. Dès que l'Allemande est passée, tes voisines et toi, à trois ou quatre vous vous groupez en "moutons", selon les lois de la transmission de chaleur qui vous sont instinctives. Vous formez une boule compacte, vous soufflez sur vos doigts gourds. Ça ne dure pas, l'Aufseherin revient sur ses pas, vous n'avez pas le droit de vous grouper, de souffler sur vos doigts, vous êtes des stèles, votre pose est calculée. Provisoirement disloquées, vous retrouvez des stratégies individuelles, chacune pour soi. Petits sauts verticaux. Petite course invisible sur place. Vous recommencerez plus tard.

— Moi je n'arrête pas de remuer les orteils, pour que le sang circule.

— Des fois je mords mes joues, ma langue, ça me tient éveillée.

— Moi je frotte le dos de Virginie, puis c'est son tour. Sinon j'ai des fourmis jusque dans les oreilles.

— Il y a une patinoire de l'autre côté du mur.

— C'est le lac! Des enfants qui patinent dessus, sûrement des gosses de Fürstenberg, tu les vois en allant au pillage.

— J'adorais patiner. Ma mère m'avait offert une paire de patins blancs à lames noires, et à Noël on faisait des pirouettes sur le lac d'Annecy!

— Et laisse-moi deviner, Adèle, ta mère est devenue une patineuse professionnelle? Et tu as eu une médaille aux Jeux olympiques ? Tu as déjà enfilé des patins, Pinocchio ?

— Qui a vu le lac gelé ?

— Moi, dit Marie-Paule, les gosses traversaient le lac d'une seule traite en fendant la glace, ça faisait un bruit de papier déchiré.

— Moi je vais plus à l'Appell. Je me planque et puis tant pis.

— En tout cas on sent plus la merde ni la pourriture avec ce froid, c'est déjà ça.

— Le crématoire fonctionne presque tout le temps, vous avez vu ? Le froid te tue.

— L'hiver, c'est un truc de nazi.

Mila inspire. Je veux tenir sous la glace, persister droite et dure en aiguille de sapin. Je veux être verte, ferme. Je veux m'économiser jusqu'au retour de la lumière, ralentir le battement de mon cœur, mettre mon corps au diapason, faire d'ultimes réserves de sève fraîche et propre, je veux être prête pour la suite s'il y a une suite. Je veux épouser le froid, je veux être l'hiver pour lui échapper, comme ce prince des contes de Grimm caché dans la chambre de son ennemie, donc indécelable. Accepter le froid, la neige, les brûlures de phalanges au-dessous de moins dix, m'y préparer toujours. Je veux être le froid, ne pas en avoir peur, être amie de l'hiver, l'habiter sans hostilité. L'apprivoiser. Je respire, je prends l'air dans mes poumons, je retiens mon souffle et il descend se loger en moi, figeant tout. Et il se loge dans les poumons de James en forme de petites poires. Remplit ses alvéoles. Les comble et les congèle.

Mila frappe à la Kinderzimmer. Sabine ouvre la porte et reste dans l'embrasure, ah, c'est toi. Sabine

fixe les yeux de Mila. Il fait si froid, elle dit, si froid ;
même les escargots gèlent. Elle prend les mains de
Mila dans les siennes et Mila voit dans les yeux de
Sabine ce qu'elle ne peut pas formuler. James est
moins qu'un escargot. Le froid a pris James.

— Je suis tellement désolée…

Voir James. Maintenant.

— Où est-ce qu'il est ?

— À la Keller, à la morgue.

— Je veux le voir.

— Tu ne peux pas. Ça ne sert à rien, la morgue
c'est atroce.

— Je veux le voir.

— J'ai fait attention, qu'il soit à une bonne place,
tu sais. Pour le voyage.

— Comment ça ?

— Fais-moi confiance.

— Je veux le voir, je veux le voir maintenant.

La Keller est une butte contre le mur du camp,
fermée par une petite porte. Sabine dit que tous les
morts attendent là avant le crématoire. Elle connaît
par cœur, elle y va tous les jours.

— Tu peux changer d'avis…

Mila ne bouge pas. Elle attend que la porte
s'ouvre. Elle n'a aucune sensation, pas de douleur.
Elle est sonnée.

Sabine ouvre la porte. Odeur de charogne, haut-
le-cœur, mais il n'y a rien à vomir. Elles grimpent
quelques marches. Des corps nus. Des dizaines
de corps. Des jambes, des bras raidis, mal ordon-
nés, pointés dans toutes les directions. Des têtes en
décomposition, viande avariée. Sur une étagère, une
collection de dents en or.

— Voilà, il est là, dit Sabine.

Là. Oui. Il y a un corps de femme aux yeux clos, la peau très blanche, comme endormie. Ses jambes sont allongées, ses bras le long du corps. Contre son sein il y a une petite boule de chair qu'elle retient de l'épaule. Ils sont front contre front, l'enfant et elle. C'est James. Dans les bras d'une femme.

— Elle s'appelle Nina, dit Sabine, une Russe. Mère d'un bébé de deux semaines, Sacha.

James et Nina, surgis paisibles de la masse des cadavres. Blancs presque bleus, à la Greco, comme dans cette Pietà le corps du Christ descendu de la croix, elle l'a vue quelque part. C'est une peinture ce qu'elle voit. Ça n'existe pas.

— Mila…

Une peinture. Ce bleu s'appelle comment.

— Mila, il suffit qu'on inverse. Je déclare Sacha mort à la place de James et le bébé de Nina devient ton fils.

Mila entend à peine. Machinalement elle dit, les yeux rivés sur l'enfant et la femme, c'est presque une icône : comment ça mon fils ?

— J'en ai adopté dix dont les mères sont mortes. Sept enfants sont morts ensuite, je n'en peux plus de les perdre. Prends Sacha.

Cette énormité, ça réveille Mila. Mila fixe Sabine. Sabine lui offre un enfant vivant, après avoir remis son fils à elle à cette femme russe.

— De quoi est-ce qu'elle est morte ?

— Je ne sais pas.

— Et James ?

— De froid. De faim. Je n'en sais rien.

Mila se penche sur le front de son bébé. James, mon petit James. Mon accord déroutant et ouvert : la do do mi fa#, auquel il fallait une suite, qui appelait résolution, un prénom de commencement. Pouvoir te nommer c'était une joie violente, plus encore que celle de voir ton visage, plus que celle d'être mère. Nommer quelque chose qui n'appartenait pas au camp. Prononcer, décider James, le temps de dire James prendre mon corps à mon cou et franchir les hauts murs.

— On va sortir, Mila.

C'est là que la gorge serre, face à l'image ultime, la certitude d'une dernière fois, de ne plus jamais voir ce corps minuscule. Et la laideur des flammes léchant la chair jusqu'au squelette, brûlant les os. Perdre les os. Le déchirement qui se produit, la sensation d'amputation intime, c'est peut-être l'amour ?

— Mila…

— Oui, on y va.

— Prends le bébé de cette femme. Prends Sacha.

— Laisse-moi cette nuit.

Teresa et Mila sont assises sur la paillasse, avant la soupe. Dans la tête de Mila c'est blanc et sans image. Elle regarde le trou dans sa chaussure. La forme du trou, la frange de fils inégaux. Elle se souvient, elle savait que James allait mourir. Depuis le début elle a su, depuis le début il était mort, elle a juste oublié un moment, les choses rentrent dans l'ordre. À travers le trou sa peau est noire de boue, ou de crasse. C'est bête, d'avoir oublié. De s'être attachée quand même. Mila se balance d'avant en arrière, doucement.

— Il est mort. Il est mort. Il est mort. Il est mort. Il est mort. Il est mort. Mort. Complètement mort. Mort. Mort. Mort.

Teresa prend la main de Mila. Les larmes coulent dru de ses yeux grands ouverts. Autour, Louise, Marie-Paule, Marie, Adèle habitent son silence, sa stupeur.

Quand elles sont seules toutes les deux, allongées, Mila parle de Sacha. Elle en parle d'une voix détachée, très lasse, comme si la conversation avec Sabine n'avait pas eu lieu, était un mirage, ne l'atteignait pas. Elle dit qu'elle ne sait pas si c'est possible d'aimer un autre enfant, d'être la mère d'un autre enfant.

— Mila, tu n'as pas su que tu aimerais James avant de l'avoir. Prends Sacha.

— Combien de temps ça va durer, Teresa, dit Mila de la même voix atone. Sacha a deux semaines, dans deux mois et demi il sera mort et peut-être même avant, de froid, de faim, de dysenterie, des rats. Combien d'enfants de rechange je vais avoir, combien de cadavres, combien de James je vais pleurer jusqu'à ce qu'on sorte du camp…

Sortir du camp. Ces mots dans la bouche de Mila, Teresa les entend. Les retient. Ça vient plus tôt que ce qu'elle avait imaginé. Et de façon tellement incongrue. Son espoir de survivre.

Elle ne connaît pas le temps du vide. Un enfant neuf se substitue à l'autre. À la Kinderzimmer, Sabine confie Sacha à Mila. Sacha tu es James. Et moi je suis ta mère. Sacha fixe Mila. Pas un cri, pas un pleur. Sacha ne s'étonne pas de cette nouvelle femme inclinée devant lui. Les bébés de Ravensbrück savent tout, à croire que l'ange ne s'est jamais penché sur eux, n'a pas posé l'index au-dessus de leur lèvre supérieure, y laissant une empreinte qu'on dit empreinte de l'ange, marque de l'oubli après laquelle la vie commence, ou recommence, doit se réapprendre entièrement.

Elle le déshabille près du poêle, le détaille. Nombril. Sexe, testicules. Deux jambes, deux pieds, dix orteils. Main droite, cinq doigts. Main gauche cinq doigts. Deux yeux, deux narines, deux oreilles. Maintenant elle le regarde pour lui-même. C'est-à-dire le compare. Ses pupilles bleues, pas noires. Son crâne chauve, pas brun. Sa fossette à la joue gauche. Sa bouche, plus charnue. Elle le reconnaît, lui donne la chance d'une existence singulière. Mais elle l'appellera James, pas Sacha. James, c'est à elle. Et aussi, son cadeau pour lui.

Cette fois elle sait. Elle a trois mois, pas plus, la vie s'éteint au-delà. Mila compte. 91 jours moins 14 = 77 jours de sursis, qui s'achèveront mi-février, à la fin de l'hiver. Et chaque matin quand elle marche vers le Revier, vers la Kinderzimmer, elle pense un de moins. Moins 76 avant la fin. Moins 75. Moins 74. Chaque jour peut être son dernier, dit-elle à Teresa, et Teresa répond qu'au-delà des barbelés chaque jour compte pareil, progresse vers l'échéance certaine, Mila l'oublie toujours : c'est à Ravensbrück comme ailleurs. Et le chien n'a pas mordu.

Dehors, 20 °C sous zéro dit-on, et le charbon manque. Les malades s'entassent au Revier. Les cadavres sont empilés devant la Keller, raides congelés par le froid. La Keller groupe ses corps devant les fours crématoires. Un deuxième four vient d'être mis en marche et deux cheminées fument à présent, deux hautes flammes rouges collées au ciel, jour et nuit. Davantage de prisonnières fuient devant l'avancée des Soviétiques, davantage meurent à cause du froid. Les femmes arrivent à Ravensbrück à pied, exténuées, crachant du sang. Des centaines sont tombées en route, allongées dans la neige, achevées d'une balle dans la nuque. Il y a même des Juives.

20 °C sous zéro, les réserves de légumes stockés près des cuisines ont gelé. Il n'y a plus rien à organiser, toute chose à mordre est dure comme pierre, soudée à l'ensemble tenu d'un bloc. Plus d'herbe. Plus de fleurs. Teresa a ramassé un bout de rutabaga par terre, l'a chauffé dans ses paumes. Elle a mordu, et s'est cassé une incisive. Elle a tenu ferme sa dent, racine enfoncée dans la gencive, espérant qu'elle se ressoude, se niche à nouveau dans le foyer rouge, silencieuse au visage d'épouvante : perdre ta dent, c'est d'un coup devenir vieille. La dent n'a pas tenu, libérée par une chair sans tonus. Teresa a vu le sang pisser sur la glace et balancé la dent par la fenêtre.

20 °C sous zéro le 24 décembre au soir. Noël, depuis des mois visé comme l'horizon, la fin plausible de la guerre pour tant de prisonnières : avant Noël, c'est sûr, les Alliés se rejoindraient quelque part au centre de l'Allemagne. On a cru possible un Noël avec bougies, vraie table, sapin aux boules multicolores, robe et trait de rouge à lèvres ; Noël en France, Noël chez soi, avec de vieilles liqueurs stockées par mon père disait Adèle, et elle entendait le tintement de ses boucles d'oreilles et des verres choqués. Dans ce temps sans ruptures du camp, aux heures, mois, jours infiniment fondus et répétés, le calendrier avait fixé des étapes avant Noël, l'ultime limite : le franchissement des saisons, 21 mars, 21 juin, 21 septembre – on s'est dit qu'on ne passerait pas le printemps 1944 à Ravensbrück ; on s'est dit pas l'été ; pas l'automne ; surtout pas l'hiver, c'est un pays de chien. Et les jours de fêtes religieuses et laïques, Pâques, le 1er Mai, le 11 Novembre. Chaque

fois des femmes ont espéré que les dates auraient un sens, attendu un signe, comme elles avaient attendu un signe marquant le passage de la frontière franco-allemande, dans les convois de déportation. On a laissé se former des images de repas de famille, de tours en barque, de cerisiers en fleur, de feux de cheminée. Et comme la traversée de la frontière, les dates ont été des non-événements, le temps s'est écoulé, égal, dans la masse indistincte des jours. Noël se déroulera à Ravensbrück. Mila fixe Adèle prostrée sur sa paillasse, les paumes sur les yeux, enfonçant dans le fond de son crâne ses fantasmes échoués. C'est bien Noël et elle n'est pas montée dans la voiture tirée par le cheval Onyx. Personne n'a de rêve de rechange. L'horizon c'est le présent, la minute, la seconde, on l'a su avant mais à cause de l'avancée des Alliés on s'est laissé tenter par des projections folles ; on aurait dû s'en tenir au présent. Mila y est ancrée, elle, depuis des mois, craignant la suite, ignorant tout, ne se forgeant aucune certitude et encline à penser le pire. Le présent te sauve de l'idée du pire. Moins 47 jours. Moins 46. Celles que la déception n'a pas anéanties vont jouer à Noël. Vont fêter ça, l'annoncent. Parviennent à décrocher des sourires et à former des Kommandos chargés de l'animation, de la décoration du Block, et de la fabrication de cadeaux pour les centaines d'enfants du camp qu'on voit errer sans les connaître. Ce qui donne : un arbre de Noël en branches de sapin glanées par les bûcheronnes ; des flocons découpés dans un bout de coton dérobé au Revier ; des guirlandes en fils torsadés du Betrieb, des boules dorées en fil de fer Siemens, des pommes de pin vertes et mauves peintes aux wagons de pillage ; sous les branches une crèche en mie de pain, douze personnages de la taille d'un pouce façonnés par pression des phalanges et pointe de bois taillée, soit combien de jours sans pain ? La Stubowa ferme les yeux, les Allemands boivent et rient dans les villas SS alors les femmes chantent à pleins poumons dans toutes les langues, des berceuses, des hymnes nationaux, des psaumes et des prières. Elles dansent, récitent Verlaine, Shakespeare, jouent une scène des Précieuses ridicules, et pour festin déclament des recettes de dinde rôtie avec force beurre et bouquets garnis, des purées de marron, de céleri, des pommes rissolées introuvables même en France rationnée jusqu'à l'os, elles déroulent une carte des vins, un chariot à desserts où le kouglof côtoie le tiramisu et la tarte normande, il circule même un menu calligraphié, c'est à n'en plus finir de sorbets aux fruits et liqueurs digestives et Mila est de la fête, elle qui pourtant n'est pour rien dans ces préparatifs, qui a donné son temps à James, consacré ses butins à trouver du charbon, à le vêtir, à le nourrir de bouillie de patate, le jour de Noël tu es mère comme les autres jours. À un moment il y a des mouchoirs échangés, patiemment brodés, des bijoux composites en galalithe, pierre, verre, bois, des croix et des chapelets sculptés, un petit bonnet pour James tricoté par une carte rose, pluie de douceurs insensée qu'interrompt l'entrée fracassante de la Blockhowa : Appell de nuit.

Noël n'est pas une rupture. Appell de nuit la nuit de Noël par combien, moins 20 °C? station debout, tu fais la stèle comme les autres jours, comme les autres jours tu gèles, on frappe d'un coup de Gummi ton petit doigt qui dépasse, tu es une imbécile, une cochonnerie, tu es une truie, ne t'avise pas de frotter le dos de ta voisine, de te coller à elle, de souffler sur tes doigts. Rien ne change, des femmes tombent d'un coup paralysées, le cœur arrêté, la neige peu à peu les recouvre. C'est Noël, un des 365 jours de l'année régulière, les SS comptent les prisonnières, les recomptent sous les projecteurs, et la nuit verse dans le jour à l'égal des autres nuits. Comme la veille mais plus longtemps tu as les cils gelés, tu ne sens plus ta bouche, plus rien que le fond ardent de ta gorge, tu ignores comment tu tiens debout encore, et tu te dis que tu as durci peut-être car tu ne sens plus l'effort : tu es à la lisière du sommeil, parfaitement engourdie et statique, parmi les quarante mille femmes. Moins 45 jours. Tu penses que tu manques la tétée de James. Qu'aucune de ses nourrices ne peut sortir des rangs. Tu penses qu'arrive 1945, qu'on chantera dans le dortoir au soir du 31 décembre, tu écriras peut-être une partition pour la chorale. Ce sera un jour ordinaire. Moins quarante jours, Appell et givre matinal. Tu cherches Teresa des yeux. Tu lui souris. Elle te sourit, la bouche fermée à cause du trou de sa dent tombée. Cette coquetterie t'émeut aux larmes. Une bombe au phosphore paillette l'horizon. Vous grelottez. Vos mâchoires font mal. Vos gencives saignent. N'empêche, rien ne change : vous êtes debout.

VII

L'Allemagne a perdu, ils disent. Le réel rattrape les inventions sur-optimistes de radio-bobard. Les ondes le chuchotent, les journaux, les bouches volubiles des Schreiberins qu'atteint l'écho des batailles, des défaites, dans les bureaux où elles copient les statistiques, comptabilisent les vivantes et les mortes, elles saisissent toute bribe de nouvelle à distiller au Block, et puis de Block en Block – il faudrait être sourde pour ne pas entendre. Les triangles violets, témoins de Jéhovah nourrices et domestiques dans les familles SS, évoquent les silences du soir dans les villas, les beuveries muettes, quelque chose, peut-être, qui ressemble à la peur. On a libéré des triangles verts, des détenues allemandes de droit commun qui n'ont rien à faire à Ravensbrück, rien à voir avec la guerre, celles qui ont pris du grade, ont joui du renversement de leur statut et laissé croître en elles la part du tyran ; un jour, elles ne sont plus là. Quand de rares colis arrivent aux prisonnières, les petits mots baignés dans les pots de confiture, cousus dans le carton, éparpillés en charpie dans des coques de noix n'ont qu'un message : l'Allemagne est broyée dans l'étau allié est-ouest – il faut juste tenir, tenez. Radio-bobard peut encore fantasmer, avancer la date de reddition totale des troupes allemandes, quelle importance ; l'affabulation en est à peine une, la capitulation est une question de semaines, de mois tout au plus, il n'y a aucun suspens : patience. La Pologne est quasi libre. La Pologne c'est à côté. Les événements de l'extérieur filtrent à travers les murs comme jamais avant, il y a presque continuité des territoires, presque simultanéité, on n'en est plus à la rumeur, on sait que ça aura lieu quelque part autour de l'Oder, l'ignorance se borne à la question "quand ?" : quand l'Allemagne va-t-elle se rendre ? Depuis deux jours, les SS font enlever les monceaux de merde gelés autour des Blocks, il faut les voir, les Aufseherins, diriger au Gummi des équipes de Zimmerdienst armées de pelles pour briser le verglas bosselé de la Lagerplatz, pour faire place nette, sûrement, si les Américains ou les Russes arrivent demain le camp doit être nickel, on sauve sa peau comme on peut. Enlever la merde. Toute la merde. Faire un camp net, respectable, forcer l'ennemi à te regarder dans ce miroir poli. Ça fera combien de morts ?

Au-delà du lac gelé, au-delà du clocher de Fürstenberg, le ciel flambe sous les bombes, palpite sous les pluies de phosphore, hormis les fumées des crématoires le ciel est aux Alliés, complètement. Même Mila ne doute pas : l'Allemagne a perdu. Pour l'instant elle s'en fout. Ça ne la concerne pas, la défaite allemande sur les lignes de front. L'inconnue est la même depuis l'entrée au camp : tu survis, ou tu y meurs. À Ravensbrück l'Allemagne a droit de vie et de mort sur toutes choses. Et aussi, et contre ça tu ne peux pas lutter à coups de mitraille et de phosphore, il y a : la maladie, le froid coupant, la faim. Une guerre dans la guerre.

Les malades, au Revier, il en arrive chaque jour d'une espèce nouvelle : brûlantes et hébétées. Elles tremblent, soustraient leurs yeux à la lumière, au soleil, aux ampoules électriques, elles terrent leur visage, rabattant leurs cheveux, relevant leurs chemises, photophobiques ; sous le coton elles ont la peau couverte de plaques rouges. Leurs voix se tordent en délires brefs, aigus, absorbés par le vêtement qui les masque, par le drap où elles ont enfoui la figure et qui s'enfonce dans leur bouche, les étouffe, jusqu'à ce qu'elles le recrachent dans une toux papier de verre. Elles se rétractent d'un coup, comme l'araignée sous le talon. Une Polonaise appelle constamment sa mère, Mila reconnaît les phonèmes appris de Teresa, mama, mama, gdzie jesteś, maman, où es-tu, maintenant elle marche vers le Waschraum une main en avant, l'autre bandant ses yeux pour filtrer la lumière, mama, elle se cogne de lit en lit, se cogne au mur, jusqu'à ce que Mila la conduise elle-même, par chance il n'y a pas de personnel SS dans le dortoir, mama, gdzie jesteś ? Mila demande à Darja, l'infirmière tchèque, de quoi souffre la femme. Darja répond : Flecktyphus. Typhus. Darja pointe l'index vers une paillasse : Flecktyphus. Une deuxième : Flecktyphus. Une femme couchée par terre : Flecktyphus. Une autre en face, Flecktyphus. Les deux étages d'un châlit, Flecktyphus, et le cadavre qu'elle vient de couvrir, Flecktyphus, alles Flecktyphus.

Dans le couloir, l'accoucheuse de Mila frappe les mains d'une femme qui se gratte jusqu'au sang. Elle sort de sa poche un bout de ficelle, noue entre eux les poignets d'une très jeune fille qui se laisse faire, chair molle et yeux mi-clos, cingle les doigts d'une autre qui se gratte le coude, kratz dich nicht, du Dummkopf! ne te gratte pas, imbécile! Elle va de femme en femme, calme et ferme, claque toutes les mains qui s'arrachent des croûtes, se frottent la peau, kratz dich nicht! Apercevant Mila qui toque à la Kinderzimmer elle marche droit vers elle, et la fixant dans les yeux : du auch nicht, hörst du? Toi non plus, tu entends? Sabine ouvre la porte. Mila regarde s'éloigner l'Allemande.

Sabine fait entrer Mila, elle dit que le typhus est partout. Surtout ne pas toucher les morsures de poux, leurs excréments s'effritent sous les ongles et souillent la plaie. Alors le virus qui habite les poux occupe ta plaie, s'en nourrit, se propage, il te bouffe. Les femmes qui se grattent, là, dans le couloir, qui supportent la lumière, ne sont pas atteintes encore, peut-être elles ont la grippe ou la dysenterie mais pas le typhus, il y a de quoi les sauver. L'infirmière allemande les frappe par bonté.

Fuir les femmes à poux, comme cette Russe dont la chevelure et le décolleté grouillent de bestioles qu'elle ne chasse plus, auxquelles les prisonnières crachent leur dégoût chacune dans sa langue, odpychający, nechutný, dégueulasse, Отвратительный, modbydelig, undorító. De nouvelles prisonnières affluent tous les jours, les poux grouillent dans cette viande humaine jamais épuisée. Les poux sucent les mortes, au Revier ils tètent en grappe les aisselles encore tièdes des cadavres.

Les bébés aussi ont des poux, dit Sabine. Elle soulève la brassière de Sacha-James, Sacha qui s'est mis à vieillir, sur qui Mila reconnaît le lent dépérissement de James et plutôt que son visage usé elle fixe ses jambes, fines, presque intactes, à peine jaunes – tenir ; il y a un trou rouge dans sa cuisse. Sabine dit qu'heureusement il ne peut pas gratter la plaie, trop basse. D'autres bébés ont griffé leurs visages. Sabine les déshabille deux fois par jour avec la Hollandaise et ôte un à un les poux abrités dans les plis. Quand Mila s'en va, retourne vers les typhiques, un balai à la main, elle pense qu'elles mourront toutes, sûrement, ces femmes, du typhus ou des sélections, trop dangereuses pour le camp et pour les SS : ne pas les montrer, surtout, ne pas afficher leur déchéance à la face des Russes et des Américains. Alors c'est un soulagement, quand la Kinderzimmer déménage au Block 32 vidé de ses prisonnières, loin des typhiques. Un Block entouré de barbelés. Des barbelés dans les barbelés, pour quoi faire ?

Un jour Adèle arrive au Revier, tremblante, le visage dans les bras. Adèle aux longs cheveux très blonds, à la peau très pâle, tu la vois bien en haut d'une tour sur l'illustration d'un livre de contes, la joue dans la main, une fleur à l'oreille, et un prince vient l'enlever sur son cheval blanc. Mila regarde Adèle marcher à petits pas aveugles et serre le manche de son balai. On couche Adèle dans le lit d'une typhique, elle tire le drap sur elle jusqu'aux cheveux. Mila s'approche, passe le balai sous le lit d'Adèle, lentement, elle gagne du temps.

— C'est moi, Adèle. C'est Mila.

— Ah, Mila, il y a trop de soleil aujourd'hui !

Sous le drap, la forme se recroqueville.

— Je voudrais toucher ton front.

— Non, surtout pas, surtout pas.

— Tu as soif ?

— Il faut que je dorme, ça ira mieux après, tu comprends, mon père m'attend à la gare, je ne veux pas l'inquiéter !

Le drap s'imbibe de sueur, dessine le visage d'Adèle, les creux, la courbe du front comme un suaire.

— Peut-être que mon chien sera là aussi, tire les rideaux, ce soleil, Mila, s'il te plaît…

Mila fait le tour du lit, balaie encore.

— Fais attention, Mila, il y a du typhus. On ira au lac d'Annecy mon fiancé et moi, si tu voyais ma robe… les yeux…

La toux la déchire.

— Chhht, repose-toi Adèle.

— Il faut dormir un peu… Je monte sur Onyx et toi derrière.

— Bien sûr.

À Ravensbrück, l'Allemagne n'aura jamais perdu. Alors d'accord, ce que disent la chorale en cinq langues du dimanche, les chants des jours de fête, les figurines de Noël en mie de pain valant dix jours de survie ; ce que dit le poème appris par cœur et récité un soir aux camarades, le petit poème d'enfance papillon fleurs des champs qu'on refuse d'oublier ; ce que dit la pitié d'une femme SS pour un oiseau blessé ; ce que dit le concert d'ongles joué pour Georgette ; ce que disent les mouchoirs ajourés dans le noir, les bouts de charbon volés, les chapelets bricolés dans les rebuts de Siemens ; ce que dit la femme sculptant un motif dans sa gamelle en bois juste pour faire joli, et celle qui vole tes chaussettes posées sur le bord du lavabo ; ce que disent les aiguilles cassées à l'entrejambe des pantalons de soldats assemblés au Betrieb ; ce que dit, muette, la prisonnière assistante médicale le jour de ton entrée au camp : nie que tu es enceinte, et elle te sauve ; ce que dit un borborygme de nourrisson à la

Kinderzimmer ; ce que dit la poitrine d'Irina pleine de lait pour James ; ce que dit Sabine, son existence, le soin qu'elle prend à lover James mort dans les bras d'une mère ; ce que disent les yeux ouverts de Sacha-James, ce que disent les mots d'amour de Mila pour lui ; ce que disent les jeux de billes d'enfants étiques sur la Lagerplatz ; ce que dit le corps de Teresa collé au corps de Mila, son souffle dans le cou de Mila toutes les nuits ; ce que disent les barbelés électriques déserts à l'extérieur, nulle viande séchée sur les fils depuis des mois ; ce que dit l'Allemande qui frappe les mains des femmes qui se grattent ; ce que disent les recettes de cuisine cent fois lancées pour rien dans l'air, le col rond et blanc qu'une prisonnière a cousu avec l'ourlet de sa robe, qui lui vaut vingt-cinq coups de bâton, ce que dit le rire de la Blockhowa devant l'imitation d'Attila par une prisonnière, ce que dit, surtout, la joie encore possible devant l'éclat du soleil dans les congères, sur les pourtours de la Lagerplatz, à l'Appell du matin, un éclair de cristal qui ne t'indiffère pas tout à fait, ce que ça dit, que tu le voies, que ça mouille tes paupières, qu'une seconde ça conjure le reste, une demi-seconde, que tu aies accès à la beauté, ce que ça dit, tout cela, c'est que même à Ravensbrück, l'Allemagne n'a pas gagné, n'aura jamais gagné complètement.

Mais Lisette est morte.

Georgette est morte.

Violette est morte.

La mère de Louise est morte.

James est mort.

Marianne est morte.

Cili est morte.

La mère de Sacha est morte.

Les Juives hongroises de la tente ont disparu.

Adèle meurt, et toutes celles qui n'ont pas de noms : l'Allemagne n'aura jamais perdu.

Qu'est-ce que ça veut dire, gagner ou perdre ? Teresa répondrait : tu perds seulement quand tu abandonnes.

Partout la mort. Ce matin, 15 janvier, Mila retient la date. Elle commence à retenir les dates. Ne pas abandonner dit Teresa, Mila commence à y croire, qu'elle pourrait avoir à parler, un jour. Ce matin 15 janvier, au Block 10, une dizaine de tuberculeuses ne se réveillent pas, les autres frisent le coma. On enlève les corps un à un, Schwester Martha donne les ordres et même Mila est appelée à l'aide. Tirer les corps, les pieds raclent le sol, saignent sous le choc, les femmes sont à peine mortes. Aller à la Keller, pour la deuxième fois, à la morgue. Mila vomit devant les marches. Darja a travaillé cette nuit, en traversant la Lagerplatz elle murmure à Mila qui la croise : Schlaftablette. Ça se comprend, Schlaf le sommeil, tablette le comprimé, Schlaftablette = somnifère. Darja insiste, roulant des yeux autour d'elle : Schwester Martha, zu viele Schlaftablette, trop de somnifères. Weiss Pulver, elle dit, mangeant ses mots, déjà elle s'en va, zu viel weiss Pulver, trop de poudre blanche. Et puis : du musst sprechen – tu dois parler.

Voilà. Le 15 janvier, non, dans la nuit du 14 au 15 janvier, retenir la date, l'imprimer une fois pour toutes, Darja a vu Schwester Martha donner une poudre blanche aux tuberculeuses et la plupart sont mortes. Parler, dès maintenant. C'est son tour, elle n'abandonne pas. Mila parle, répand la nouvelle,

164

elle n'a plus besoin du filtre des codes, des notes de musique pour supporter le réel, d'inscrire les choses en partition avant de les voir pour de vrai. Elle parle, elle n'abandonne pas, elle voit. Et ça traverse le Block, ça passe de Block en Block, ce n'est pas radio-bobard puisque quelqu'un a *vu* et c'est tout ce qui compte : *voir*. Darja a *vu*, Mila emprunte ses yeux : que les tuberculeuses n'aillent pas au Revier, on les empoisonne.

Le même jour, 15 janvier, des centaines de femmes piétinent zu fünft sur la Lagerplatz. Parmi elles Mila reconnaît Françoise, Viviane, Marcelle. Toutes des cartes roses. Mila croise le regard de Françoise, les doigts de Françoise remuent à peine le long de sa cuisse, un minuscule au revoir, et un sourire timide. Devant Françoise, des vieilles femmes, derrière elle des vieilles femmes, des tricoteuses en rang discipliné. Alors c'est le grand jour, se dit Mila. Le départ pour Uckermark. Depuis le temps qu'on leur en parle, qu'on les incite à prendre une carte rose, aux femmes fatiguées, la carte ouvre le droit au camp de repos où elles travailleront moins, mangeront mieux, c'est ce qu'on leur dit. Un petit camp pas loin de Ravensbrück, et maintenant elles sont là en file, serrant leur gamelle, leur petit sac, la brosse à dents autour du cou, colonie de squelettes qui s'ébranle comme une classe en route pour un pique-nique, sage, sage, vers la sortie du camp. Elles marchent, la glace craque sous leurs chaussures. Uckermark c'est de l'autre côté du mur, il paraît. Des femmes d'autres Blocks, du Block 27, des politiques françaises ont fait passer le mot partout, à toutes les cartes roses : ne partez pas, le vrai repos c'est la mort, ils vous tueront, Mila a entendu. Mais ce que c'est, mettez-vous à leur place, d'espérer un peu de confort : un poêle qui fonctionne ; la fin des Appells ; du rab de margarine et de pain, elles en rêvent, elles prennent la carte, risquent un sursis, et Mila et toutes les autres ont un serrement au cœur, un afflux de colère et d'amour, mais que peut-on contre le rêve ? Elles s'inscrivent pour Uckermark, et les voilà qui s'en vont. Dans les rangs il y a aussi Danièle. Il y a France. Des qui avaient peur de s'en aller, qui avaient pris la carte rose mais ont ensuite perçu la menace du grand calme qui allait suivre. Elles sont là comme les autres, pourquoi ? Darja aussi est du voyage. Dans son allemand de base elle dit :

— Regarde, Mila. Regarde bien, et souviens-toi.

15 janvier. Retenir la date, la position du soleil. Au Block, des Verfügbars ont caché deux cartes roses dans les poutres du toit.

Ne pas abandonner. Serrer Sacha-James, dire des mots d'amour, Sabine prétend qu'il comprend et même si c'est faux ça ne fait rien, Mila entend les paroles qu'elle prononce, elle s'entend ne pas renoncer. Voir l'éclat du soleil dans les congères. Dire des mots d'amour à James. Les Allemands n'auront pas gagné.

Ne pas abandonner, même quand les 22 et 23 janvier – retenir les dates, les 22 et 23 – Mila voit rentrer au Revier les prisonnières médecins et l'infirmière Darja envoyées à Uckermark avec les cartes roses. Une des médecins s'alite et ne se relève plus. Elle ne parle plus. Ne bouge plus. Ne mange plus. Elle dort et elle oublie. Darja parle, entre deux hoquets, deux arrivées de malades, elle dit : Uckermark est un camp d'extermination. Et Mila retourne au Block avec les yeux de Darja, les mots de Darja, des dizaines de femmes s'emparent de son regard, Teresa la première, bien sûr, et celles qui restent, Marie-Paule, Louise, de son regard et de sa voix : à Uckermark tu es illico dépouillée de tes affaires ; tu poses cinq à six heures par jour au minimum, la journée entière quelquefois, en robe de coton les pieds dans la neige, et les femmes tombent raides mortes pendant l'Appell ; tu dors par terre ; les portions de pain et de soupe sont diminuées de moitié, volées par le personnel allemand. Parfois, les femmes meurent empoisonnées.

Françoise, Marcelle, Viviane, Danièle, France parties à Uckermark. Ne pas abandonner, même quand des camions quittent Uckermark à la tombée de la nuit et ne prennent pas la route habituelle des transports – l'oreille connaît par cœur le bruit du camion qui s'éloigne – mais longent le mur du camp et s'arrêtent face au Krematorium – l'oreille repère la vibration du moteur contre le mur d'enceinte. Des prisonnières des Blocks 1 et 12 entendent des coups de feu sous le bruit du moteur : balles dans la nuque, zéro mystère, et elles parlent, elles aussi, à cause de la saturation du camp on passe maintenant d'un Block à l'autre assez facilement. Les Schreiberins qui font chaque jour l'aller-retour à Uckermark parlent aussi et leurs mots se répandent, les SS leur ont demandé de consigner les noms de ces femmes enlevées par groupe de cinquante, soixante dans le camion, sur une liste spéciale, hors registre habituel : "Détenues transférées au camp de Mittwerda."

Alors ça cause sur les paillasses.

— Mittwerda ?

— C'est quoi ça, un Kommando ?

— Ben non, puisque le camion va au Krematorium !

— T'es sûre ?

— Aussi sûre que je m'appelle Denise.

— Tina, au Block 1, et une autre fille du Block 12,
je me rappelle plus son nom – Mila pense : retrouver
le nom de la fille, l'apprendre –, elles les entendent,
les moteurs, de l'autre côté du mur.

— Ben c'est ce que je dis, le Mittwerda c'est de la
blague.

— Mittwerda, bande d'autruches, c'est le Krematorium.

— Et après, une balle dans la nuque et au four.

Donc Mittwerda c'est la mort. Quelques jours
plus tard, ne pas abandonner, retenir la date tandis que James se froisse, se rétracte dans son ictère,
tandis que James meurt rester vivante, on entend
encore le bruit des moteurs au niveau du Krematorium, mais plus de coups de feu.

— Personne n'a rien entendu, juste le moteur.

— Les filles du 1 et du 12 entendent des cris de
femmes quand les camions s'arrêtent.

— Mais pas de coup de feu après.

— Tu radotes, linotte.

— Donc on les fiche direct dans le four.

— Vivantes ? On les entendrait brailler longtemps,
les cartes roses !

— Ben on les y met mortes alors. On les tue à
Uckermark.

— Non, puisque Tina entend des cris.

Reste une hypothèse. La méthode silencieuse.
Massive. Le camion rempli de femmes ; pas de
coups de feu ; des cris d'abord puis le grand calme.
Beaucoup y pensent, aucune n'ose le formuler

jusqu'à ce que Teresa le prononce, le mot, pour le regarder en face : le gaz. Et Mila pense : à Ravensbrück, il y aurait une Kinderzimmer, et une chambre à gaz. Une cabane à gaz. Un camion à gaz. Appelez ça comme vous vous voulez. Bientôt les colonnes de travail pour Siemens n'ont plus le droit de longer le mur d'enceinte et le Krematorium. Elles disent qu'elles font le grand tour du camp, passent devant les casernes, les postes de garde et la cantine SS, Industriehof. Elles traversent les rails, les stocks de pillage, et entrent aux ateliers par l'est, un chemin trois fois plus long qu'auparavant ; les SS doivent avoir leurs raisons.

Tenir encore, malgré l'hypothèse du gaz.

En février, des femmes sont enlevées au Block des tuberculeuses, cela Mila le *voit*. Ces femmes sont envoyées à Uckermark par camion, ce que *voient* les Schreiberins. Mila communique à Marie-Paule les numéros des prisonnières enlevées. Marie-Paule dit que ces numéros sont inscrits sur une liste Mittwerda – elle *voit* la liste. Dorénavant, quand Marie-Paule détient une liste de femmes sélectionnées pour Mittwerda, elle communique à Mila les noms des prisonnières, pour que Mila puissent échanger leurs numéros avec ceux de cadavres du Revier – la liste Mittwerda comprend maintenant des déjà mortes. C'est une course contre la montre : découdre les numéros de la femme sélectionnée et du cadavre, inverser les numéros, efficace, avec fil et aiguille organisés par Teresa au Betrieb, frotter le fil et le salir pour qu'il n'ait pas l'air neuf : quatre femmes sont sauvées de la mort. Puis des sélections ont lieu dans les Blocks de malades. Inspection des jambes, des cheveux – blancs c'est mauvais, des femmes frottent leur crâne à la suie –, de l'âge, de la durée d'alitement, de la chronicité du mal. Direction Uckermark. Même plus mention de Mittwerda, même plus le mensonge d'un ailleurs : on te prend, on te tue, sans chichis. Ne pas faire silence, jamais, s'épuiser à parler, partout, en toutes circonstances, dire ce qu'elle a *vu*. Voir, le maître mot. Imprimer en soi, dégorger les images, le réel. Parler à la Kinderzimmer, aux mères, dans toutes les langues et mélanges de langues, au Tagesraum, au Block, dire, dire maintenant, pour qu'un jour ce soit dit dehors par elle ou par une autre, qu'importe, que celles qui réchappent soient armées de ses yeux à elle, des yeux de toutes. Pourvu qu'on se souvienne. Précisément. Chaque soir avec Teresa, se répéter encore une fois les événements. Les noms. Les chiffres. Les dates. Ne pas abandonner, parler, donner à voir. Et garder tous les jours des mots d'amour pour James.

Tenir. Même quand ils viennent sélectionner dans les Blocks, directement. Qu'ils ordonnent aux femmes de défiler robes relevées, les font courir, et se moquent de la stupeur de celles qui attendent leur tour, les vieilles aux chevilles enflées, les avec de la merde, de l'urine plein la culotte, avec chaussures béantes, avec plaies purulentes ; les chauves, les sans dents, les yeux jaunes, la gale dans les coudes dans les genoux, les qui se tiennent très droites pour faire bonne impression, les bonnes élèves, pour ne pas être prises cette fois encore et se maintenir dans le groupe de droite, celui des fortes, des encore capables, des présentables à l'ennemi. Regarder, yeux

grands ouverts, ne rien oublier, se rappeler la première fois, le 18 janvier :

– du rire du médecin devant l'exhibition grotesque – wie elegant !

– du vélo du sélectionneur, le "marchand de
vaches", pédalant comme un fou à travers les rangs
zu fünft,

– des larmes qui ne viennent pas dans le groupe
des femmes de gauche,

– de la révérence de Katia à la fin de sa course,

– du poing sanglant de Teresa qui frappe de rage
le mur,

– des flammes des Krematoriums brûlant jour
et nuit jusqu'à ce que la surchauffe fasse exploser
l'un d'eux,

– de la jubilation rentrée des femmes devant le
toit déchiqueté.

Le 28 janvier, Teresa *voit* des centaines de Polonaises franchir la porte du camp. Vers Uckermark,
selon Marie-Paule. Mille huit cents femmes.

Tous les soirs allonger la liste des choses à retenir.
Se la répéter cinq fois, dix fois, croire qu'il est possible de garder intacts les images, les faits, les émo-
tions. Tenir.

Mila ne se souvient plus de la date exacte. Le
jour où les Belges sont arrivées avec des bébés jouf-
flus, dodus sous la brassière, de Kommandos extérieurs, sûrement. Elles serrent contre elles ces bébés
splendides, bien nourris, surfaces de peau bombées,
rosées, les blottissent dans leurs cous pendant l'Appell. Ils ont des lèvres rouges, pleines de sang rouge.
Des peaux marbrées laiteuses. Mila les fixe, elle se
demande quel âge ils peuvent avoir. Jour après jour

ils maigrissent. Ils rétrécissent. Au bout de trois semaines environ, les femmes posent seules.

James. Réchauffer James, le porter au sein de toutes les femmes qui se pressent à la Kinderzimmer, une goutte ici, une goutte là, de la pomme de terre organisée et prémâchée dans la bouche de Mila. Du lait en poudre. Chanter les partitions choisies par Schwester Eva et repartir avec une, deux, trois cuillers de lait en poudre pour James. Les pannes d'électricité plongent le Block dans le noir dès 16 heures et jusqu'à 9 heures le lendemain. Aller à la Kinderzimmer quand même, en tâtonnant, en espérant la clarté de la lune. La Hollandaise est épuisée, Sabine est malade. Chercher son bébé seule, dans le noir. Se souvenir que James est le dixième en partant de la droite sur le châlit du bas, les mieux portants sont placés en haut et James dépérit. 91 jours - 61 = 30 jours encore. Compter les têtes, l'index posé sur les fronts froids, 1, 2, 3, 4, et s'il y avait eu un mort ? Si James était le neuvième ? S'il y avait eu une naissance ? Le onzième alors ? Elle compte, plusieurs fois, 1, 2, 3, 4, ils n'ont pas de vêtement reconnaissable, pas de visage à eux, ils ont tous les traits de la mort en marche. Elle prend le dixième bébé, le sort dans le couloir plongé dans le noir. Elle penche le visage de l'enfant sous le clair de lune. Elle n'est pas sûre d'elle, elle repose l'enfant, attrape le neuvième. Ce pourrait être lui. Ou pas. Et si c'était un autre ? Un Alexandre, un Piotr, une Marianne ? Elle regarde la cuisse. Un trou rouge. C'est James. Léger comme une poupée de chiffon.

Sabine dit que se prépare un départ spécial pour un petit Kommando extérieur.

— Il y a cinq places, cinq mères. Vas-y pour James. Selon la Schreiberin, c'est une ferme, pas loin d'ici.

— Uckermark non plus n'est pas loin d'ici…

Mila fixe Sabine.

— Une ferme, quand le sol est gelé, ça produit quoi ?

— Rien.

— C'est une ferme… tu es sûre ?

— Non. Peut-être qu'il y a des bêtes. Peut-être qu'il fait meilleur qu'ici. Et où il y a des bêtes, il y a du lait.

— Ils nous éloignent. C'est trop laid des bébés comme les nôtres.

— James est faible. À toi de voir. Je sais que le départ peut avoir lieu à tout moment.

Aujourd'hui, 15 février. Évidemment elle va partir. Le chien n'a pas mordu, tout transport n'est pas noir. Tenir, se rappeler du chien. Elle va quitter Ravensbrück pour un lieu dont elle ignore tout, sans nom, sans image, renouant avec les sensations du convoi de Romainville vers l'Allemagne, emportant Sacha-James, seul territoire connu, le serrant contre elle, 51 x 12 cm, comme elle serrait sa petite valise alors, comme elle serrait la main de Lisette dans la nuit de mai. Avant qu'on vienne la chercher elle laisse à Sabine des mots pour Teresa qui est au Betrieb jusqu'au soir : sois mes yeux, Teresa ; rappelle-toi des dates, des noms, des choses vues, entendues. Sois mes yeux.

Quand on appelle Mila, qu'on la conduit à la porte du camp, elle tient à peine sur ses jambes. Il y a une voiture à cheval dehors, quatre femmes

173

grimpées à l'intérieur, en robes marquées de la croix de Saint-André, et sur le siège du cocher, un vieil homme. Ne pas se retourner. Regarder le chemin boueux qui s'enfuit devant, l'horizon si lointain qu'il est flou, le regard arrêté par rien. Quel vertige. L'Aufseherin a dit à Mila on t'apporte ton bébé, mais aussitôt Mila montée l'homme fouette le cheval et les sabots claquent sur le sol gelé. Mila et les femmes se regardent, se retournent, s'affolent. Une femme saute de la voiture, court vers Ravensbrück et hurle mein Kind! mon enfant! Toutes elles sautent, l'une après l'autre, Mila la dernière, et dans un mouvement contraire deux SS se ruent vers elles brandissant leurs Gummi. Le vieil homme a stoppé la voiture, le cheval hennit. La femme qui a sauté la première attend les deux SS, droite comme un arbre : Ich will nicht ohne mein Kind gehen, je ne pars pas sans mon enfant. Un SS la gifle. Les quatre autres femmes, dont Mila, se serrent contre elle, font bloc. Töten Sie mich! dit la femme ; tuez-moi si vous voulez, je ne pars pas sans mon enfant. Le SS lève son Gummi. Aucune des femmes ne cille, la buée sort de leurs lèvres par saccades mais seules leurs poitrines se soulèvent. Mila n'est pas forte, juste terrorisée, par le dehors, l'attente, le déchirement annoncé. Alors, sans quitter des yeux les femmes, le SS donne des ordres et le deuxième Allemand marche vers le camp. Ça peut prendre trois heures aucune femme ne bougera, Mila le sait, les deux pieds ancrés dans le sol et dans leur exigence folle, trois heures ou toute la vie, toute la vie c'est peut-être moins que ça. Soudain Sabine et Darja accourent, des paquets de linge serrés dans leurs bras. Elles tendent aux femmes leurs bébés.

Quelque chose est sauvé, provisoirement. Il fait trop froid pour un nouvel adieu alors les femmes remontent dans la voiture, le cocher fouette son cheval, et la campagne blanche défile, comme un rêve à la fois triste et doux, délavé et neuf.

VIII

Pas loin de Fürstenberg, on leur a dit. Une destination vague qui n'autorise aucune projection. Il fait si blanc qu'elles plissent les paupières. De part et d'autre de la voiture, des champs et des champs de blancheur ratissée : la neige s'est modelée sur les plis des sillons. Sur le bord du chemin, des buissons de cristal. À l'horizon des arbres à peine visibles, fondus dans le ciel. Et çà et là au milieu d'un champ, transperçant la glace, un bouquet de roseaux. Il s'est mis à neiger, des flocons larges comme des plumes qui s'accrochent aux cils, aux cheveux, saupoudrent les vestes, les robes, le manteau du cocher, les dissolvent dans le paysage. Pas un son, sauf les sabots du cheval, son souffle régulier. Et de temps à autre, le cocher qui crache.

Elles se regardent maintenant. Elles se retournent les unes vers les autres. Mila cherche les triangles, les lettres cousues sur les manches : triangles rouges, toutes des détenues politiques. Une Française, une Belge, deux Polonaises. Le camp a disparu, le cocher n'est pas un SS. Il n'y a pas de menace, ni Gummi, ni fouet, pas d'injures, pas de Strafblock, le vieil homme ne les questionne pas. Le blanc immaculé s'étend partout, sans frontière : nul barbelé, nulle tour de surveillance, nulle porte. Elles pourraient sauter, s'enfoncer dans la neige avec leurs bébés, leurs pieds toucheraient muettement le sol et le blanc les absorberait aussitôt. Aucune ne saute, aucune ne s'échappe, n'en esquisse le mouvement – l'hiver les tient serrées dans la voiture plus sûrement qu'une patrouille SS. Mais ce qui les empêche, surtout, c'est l'habitude, de l'immobilité, du silence, de l'obéissance. Aucune ne parle, n'a songé à bouger, dressées à attendre et à se taire. Mila fixe le point de la route toute droite où les côtés se rejoignent, loin devant, formant un triangle très étiré. Pour l'instant, l'espace est un vertige.

Parfois une maison surgit, toit blanc, fumée blanche hors de la cheminée, elle ne se détache des champs qu'à hauteur de la voiture et s'y dissout aussitôt après, bref mirage. Envelopper Sacha-James, contre la neige molle et glaciale, souffler sur son visage à travers le drap, dégeler les petites narines, la bouche fine peinte au pinceau, les paupières de soie. Sans cesse le chemin s'ouvre, rectiligne et morne, repousse la pointe du triangle où ses bords se rencontrent. Chemin vide, toute verdure étouffée. Nulle bête, nul chant. Nul pas d'homme. Nul beuglement, nulle eau de rivière, nul cri d'homme. Nulle porte claquée, nulle grille grinçante, nul battement d'ailes. Rien. Traverser la terre morte, libre vaisseau fendant la terre. Est-ce qu'il y a un endroit où cuit une soupe ? Où sonne une cloche ? Pays de blancheur et d'inertie. Les femmes pourraient se parler mais c'est trop tôt. D'abord, quitter vraiment le camp, se dépouiller de lui, de ses normes, se délester, kilomètre après kilomètre, éprouver l'espace, la distance, l'épaisseur nouvelle du silence. Faire le deuil, aussi, des femmes laissées en arrière. Des amies, des sœurs, des mères qu'on ne reverra peut-être jamais, partir est aussi une douleur. Penser à Marie-Paule. À Louise. À Sabine. À Teresa, dont l'absence semble forcément provisoire, à qui aucun baiser n'a été donné avant le départ et dont le visage reste prisonnier du Block, des murs de Ravensbrück où une chambre à gaz consomme les corps tortu-rés par la faim et la maladie. Teresa, ma sœur, mon amour, ma mère, mon amie, ma douce, ma com-pagne, entre nous des étendues de neige sans fin.

Le cocher fouette le cheval sans conviction et le cheval souffle, sûrement un vieux cheval. Il trotte, ses œillères l'aveuglent, tout ce qu'il voit c'est le che-min verni de glace. La tête du cocher dodeline sur sa poitrine. Alors une femme se met à rire en le mon-trant du menton. Et toutes elles sourient, emme-nées vers le néant par un cocher à moitié mort, mais le cheval avance, lui, confiant, menant son charge-ment de vivantes et un mort, et lorsqu'il stoppe et s'ébroue devant la cour d'une ferme en bord de che-min, le cocher se réveille, se frotte les yeux, et caresse la croupe noire, dankeschön schwarzer Prinz, merci Prince noir. Il met pied à terre et tend la main aux femmes qu'il fait descendre une à une en bâillant, et puis il crache, remonte dans la voiture et rebrousse chemin.

Une cour glacée. Un grand bâtiment de briques et bois qui en cache d'autres, rectangulaires, et derrière, des champs. Il y a un homme là-bas, qui frappe la glace à coups de pioche. Il voit les femmes, balance la pioche, se dirige vers elles. Pantalon rayé blanc et bleu. Galoches, chemise blanche et bleue aussi, avec bonnet et veste noire. Un bonnet. Mila n'en a pas vu de tout l'hiver. Elle fixe le bonnet. Plus l'homme s'approche plus son sourire se fane. De loin il a vu des femmes, peut-être elles lui ont fait envie. Maintenant il voit des prisonnières de Ravensbrück, c'est certain. Mila le regarde venir. Grandir. Elle voit ses joues barbues et pleines. Pommettes rosées. Bouche rouge d'un qui a mangé de la viande rouge. Le corps emplit le vêtement, c'est un vrai corps vivant. Elle se souvient des autres hommes, ceux croisés en colonne le long du lac derrière le camp, reflets de leurs propres corps à elles, si laids, si fragiles qu'elle aurait voulu coudre des boutons à leur chemise pour qu'ils ne prennent pas froid, coller sa main à leurs fronts pour les réchauffer, c'était abominable. L'homme à la pioche est fort. Droit. En bonne santé.

— Bonjour ! Y a des Françaises on m'a dit ?

Il a un accent fort, du Sud se dit Mila, Marseille ou quelque chose comme ça.

— Oui, dit Mila, y a des Françaises.

— Des femmes… Des femmes à la ferme ! Ça va nous changer ! Ici y a que des vaches et des chèvres. Moi c'est Pierre. C'est quoi ça ? il dit en montrant le paquet de linge dans les bras de Mila.

— Un bébé, dit Mila.

— Hein ? Des bébés, ici ? D'où c'est que vous venez ?

— De Ravensbrück.

— Connais pas. Des bébés… Bon, on m'a dit de vous attendre et de vous montrer le dortoir.

— Prisonnier de guerre ? demande l'autre Française.

— Ouais, et y en a marre. Bon, je vous accompagne vite fait, j'ai tout le chemin à dégager avec cette foutue pioche.

Elles marchent alignées, zu fünft, les bébés dans les bras, un seul rang, derrière le prisonnier de guerre français qui se retourne tous les trois pas pour vérifier qu'elles suivent.

— Vous êtes pas volontaires au moins?

— Volontaires pour quoi?

— Pour le travail en Allemagne.

Mila s'arrête, les autres femmes l'imitent. Elle tend sa manche et son triangle rouge.

— Nous sommes déportées politiques. Toutes.

— Ah oui? Nous, on habite là, en face, le grand chalet.

Le prisonnier de guerre sifflote. Il marche pas pressé, se retourne encore :

— C'est quoi cette façon de se déplacer en ligne?

Zu fünft, il ne peut pas comprendre. Les femmes se regardent, Mila traduit : wir gehen zu fünft! nous marchons par cinq! et les Polonaises se mettent à rire.

— Et les petits… il dit. Ils viennent d'où?

— De nos ventres, dit l'autre Française.

— Et les pères?

Voilà. Il les prend pour des putes, des putes de Boches.

— Les pères, dit la Française, ils sont peut-être crevés au mont Valérien, ou morts de faim ou du typhus, on ne sait pas. Ou vivants.

L'homme hoche la tête. Les putes ont vu son ventre, ses fesses de bien nourri, elles n'ont pas vécu en chalet, elles, avec de bonnes vestes épaisses et des bonnets.

Il ouvre la porte du bâtiment. Une entrée carrelée. Une deuxième porte avec lavabo et broc d'eau. Une troisième porte avec une pièce à cinq paillasses.

— Voilà. Pour les bébés je sais pas, on m'a rien dit. Faut que j'y retourne, je suis pas censé papoter.

L'homme s'approche de Mila. Jette un œil sur le paquet de linge entre ses bras et ne voit rien que des plis blanc sale. Un homme qui va et vient librement dans la cour, qui mange bien, il faut l'avoir avec soi. Lui dévoiler James, l'émouvoir. Mila écarte le tissu, découvre le visage fin, jaune et ridé du bébé, qui dort comme un petit mort.

— Lui, c'est Sacha-James.

Le prisonnier se penche, ouvre la bouche toute ronde. Il ne peut pas détacher ses yeux de l'enfant en dépit de son effroi. Bien sûr il n'a jamais vu ça. Dans le regard de l'homme il y a toute l'ancienne stupeur de Mila devant la mort à l'œuvre. Elle s'est habituée. Les autres femmes avancent elles aussi, tout contre Mila, et découvrent un à un les visages des petits vieillards aux lèvres fendues.

— Léa.

— Anne-Marie.

— Pawel.

— Janek.

L'homme recule, remonte son col.

— Bon, je dois y aller.

Il sort à pas lents et ferme la porte. Elles se regardent toutes les cinq, seules dans le petit dortoir en bois. Encombrées par l'espace. Elles sont debout devant la porte fermée où le prisonnier de guerre les a laissées. Elles voient deux fenêtres, une avec un arbre derrière. Un poêle à charbon. Une couverture pliée sur chaque lit. Une ampoule au plafond. La Belge s'assoit la première. Les autres l'imitent, serrées sur un seul sommier.

— Je m'appelle Simone, dit la Française.
— Je m'appelle Katrien, dit la Belge.
— Moi c'est Mila.
— Nazywam się Klaudia.
— Wera.

Elles n'osent pas sortir, regarder dehors. Katrien se lève et remplit le broc, un mince filet coule du tuyau du robinet gelé. Elles versent goutte à goutte un peu d'eau dans la bouche des enfants. Elles boivent à leur tour, c'est une chose nouvelle, boire l'eau du robinet. Elles attendent, déroutées, berçant les bébés. Ça sent le bois coupé. Le sapin, pense Mila, et dans l'effluve discret le temps soudain se ramasse : fugitive image de l'atelier du père, du bois poli comme une peau, parfum de la sève jamais complètement gommée malgré le séchage. C'était hier, elle voit la main aux veines gonflées, aux ongles foutus caresser la planche, c'était une autre vie.

Ici pas de Block. Pas de Blockhowa, de Stubowa. Pas d'allées, de Lagerplatz, pas de queue pour le Waschraum, pas de Schmuckstück, de Verfügbar caché sous le plafond. Pas de relents de merde, d'urine, pas de crématoire. Un dortoir comme une chambre d'enfants, avec au loin un bruit de scie et une légère odeur de bêtes.

— Qu'est-ce qu'on fait ? murmure Simone.
— Je sais pas, dit Katrien.
— Was sagen Sie ? demande Wera.
— Qui parle bien allemand ?
— Moi, dit Katrien, je traduirai.
— On est où ici ?

— Pas loin de Fürstenberg je crois.

— Unglaublich…

En effet c'est à peine croyable, cette chambre, ces lits, ces couvertures, le poêle, la porte pas fermée, la cour ouverte sur le chemin et le chemin ouvert sur les champs et les champs ouverts sur l'Allemagne, sur le blanc. Elles s'étonnent à peine, c'est déjà trop, quand une grosse femme ouvre la porte, jupe longue tachée de terre, pull et bonnet de laine, joues rebondies hachées de couperose.

— Ich heisse Frau Müller, jetzt kommen Sie und essen! Je m'appelle Frau Müller, maintenant à table!

Frau Müller voit les bébés. Elle fronce les sourcils, interdite, s'avance vers les femmes, tire les draps un à un, recule épouvantée.

— Sie haben Kinder? Sie alle? Vous avez des enfants? Toutes? Aber das wussten wir nicht, on ne savait pas… C'est impossible, das ist unmöglich! Mit Kindern arbeiten? Im Schweinestall und in der Sägemühle? Travailler avec les bébés dans la porcherie et à la scierie? Kriegsgefangene sind teuer, aber sie haben keine Kinder!

Et Katrien articule à voix basse : les prisonniers de guerre coûtent cher mais ils n'ont pas d'enfants.

Frau Müller secoue la tête, répète entre ses dents Kinder, das ist unglaublich… unglaublich! Les cinq femmes attendent. Se souvenir que Frau Müller n'est pas une SS. N'a pas de fouet. De Gummi. Ici pas de Strafblock. La ferme n'est pas un camp. Et se souvenir aussi qu'on ne sait rien du pouvoir de Frau Müller. Peut-être elle peut te tuer par le froid. Par le travail. La privation de nourriture. Peut-être elle peut t'enlever l'enfant. Te renvoyer à Ravensbrück, avec lui ou sans lui. Frau Müller serre les mâchoires, on lui a livré une marchandise avariée, elle s'est fait avoir.

— Wie alt sind die Kinder? dit-elle en montrant un bébé.

Elle demande leur âge.

— Drei Monate, trois mois.

— Mein auch, le mien aussi.

— Zwei Monate, deux mois.

— Ein Monat, un mois.

— Zwei.

Frau Müller s'assoit sur une paillasse, jambes écartées, coudes appuyés aux genoux, et elle triture ses mains. Elle regarde les cinq femmes une à une, les jauge.

— Es geht, finit par lâcher Frau Müller avec un geste de lassitude, ça va. Aber ich will nichts von diesen Kindern hören, ces enfants, je veux pas en entendre parler. Und : es ist verboten mit den Kriegs-gefangenen zu sprechen. Et je vous interdis de parler aux prisonniers de guerre.

Mila et les autres femmes alignent les cinq bébés sur une seule paillasse, étendent une couverture sur les petits corps. Frau Müller les regarde faire, intriguée, ainsi ont-elles appris à coucher les enfants. Elles suivent Frau Müller dans la pièce à côté, une extension de la porcherie où elle les fait asseoir sur des bancs autour d'une table. Frau Müller retire des pommes de terre d'énormes sacs de tubercules bouillis, les distribue aux femmes dans des gamelles de bois, et vide le reste fumant des sacs dans les auges des cochons.

Les femmes avalent les pommes de terre en silence, se brûlant la langue, puis Frau Müller annonce : Morgen, halb fünf, demain quatre heures et demie.

Les cinq femmes retournent à la chambre, écrasent les pommes de terre qu'elles ont sauvées dans un peu d'eau, et déposent la bouillie au bord des lèvres des bébés. Pawel est trop jeune, un mois à peine, il recrache, manque s'étouffer, il faudra trouver autre chose pour le nourrir. Avant de se coucher Mila ouvre la porte, un froid glacial pénètre la chambre et elle ferme les yeux, droite dans le courant d'air : on ne les a pas enfermées. En face, de l'autre côté du grillage, chez les prisonniers de guerre, les fenêtres du chalet laissent filtrer une lumière pâle. Mila met longtemps à s'endormir, allongée sur la tranche comme à Ravensbrück : c'est la première fois qu'elle se couche contre son bébé. Elle approche la tête du corps miniature, souffle dans son vêtement pour diffuser la chaleur intérieure de son corps. Maintenant Sacha-James est vraiment à elle, maintenant c'est son bébé. Sabine n'est plus là, ni la Hollandaise, ni Teresa, c'est effrayant. Toute la nuit ou presque elle veille, elle a peur d'écraser James, elle contrôle les battements de son cœur, pose la main à plat sur son abdomen et tente de percevoir le mouvement infime de sa respiration, oscillation millimétrée. Elle entend ses compagnes remuer elles aussi, et quand la porte s'ouvre soudain et claque contre le mur, Aufstehen !, il lui semble qu'elle vient tout juste de s'endormir.

Il ne neige plus. Dehors, la croûte blanche est dure et glissante, il faut se déplacer jusqu'à la porcherie à petits pas, derrière Frau Müller, les bras ouverts en recherche d'équilibre. Plus loin, Pierre, courbé en deux, fracasse la glace, elle jaillit sous sa pioche en une pluie diamantine. Il a trois compagnons, vêtements rayés blanc et bleu, qui regardent passer les femmes en les saluant discrètement, du bout des doigts.

Il fait bon dans la porcherie. Frau Müller allume les ampoules, charge le poêle à bois, montre les bûchettes de sapin entassées dans un coin, odorantes et claires. On entend des remuements de paille, des grognements. Les femmes avancent en file d'un compartiment à l'autre, Katrien traduit les paroles de Frau Müller, ici une truie, là un verrat, maintenant une truie pleine, ce sont des mots qu'elles comprennent ceux-là, immédiatement, habituées aux insultes des Aufseherins de Ravensbrück hurlant Schweinerei! cochonnerie, Sauhund! sales truies. Mila a ce sourire léger devant le renversement de langue, les mots retournent à leur sens premier, animalier, une truie est une truie, une cochonnerie relève du cochon, et toi, tu bascules dans le monde des humains.

Frau Müller travaille ici, à la porcherie, il y a cinquante bêtes, et un peu à l'étable, dix vaches seulement – les cinq femmes connaissent le mot vache, celui de hysterische Kuh!, vache hystérique. Plus loin, la scierie, où s'activent des prisonniers de guerre. Le travail de la terre c'est impossible à cette époque dit Frau Müller, le sol est dur comme la pierre, est-ce que l'une d'entre vous connaît quelque chose d'une ferme? Non – soupir de Frau Müller. À la scierie, elles iront chercher de la sciure dans des sacs de jute, et en face, dans le hangar, de la paille, pour changer les litières des cochons. Des cochons, des vaches, de la paille, du bois, du vivant quoi, des odeurs, la tiédeur du poêle, il y a de quoi sécréter un début de larmes, faire trembler la bouche, de quoi se chercher du regard, les unes les autres, pour être sûres que c'est bien vrai, que ça arrive, qu'elles sont sorties du camp, et qu'il est bien possible, ici, qu'elles ne meurent ni de froid, ni de faim, ni des coups.

À la porcherie, elles apprennent à verser la bouillie aux cochons, une pâte épaisse et brune qui n'aurait dégoûté personne à Ravensbrück. Les pommes de terre sont cuites dans d'énormes marmites, puis les femmes les écrasent à la main dans des cylindres métalliques. La vapeur des pommes donne chaud à Mila, elle remonte ses manches, c'est plus pénible à chaque mouvement du corps pour plonger le lourd presse-purée au fond du récipient et le retirer, jusqu'à ce que le tubercule passe de l'état solide à une soupe grumeleuse. À l'intérieur du cylindre, Mila jette une farine à l'odeur poissonneuse, qui épaissit la soupe. Mila remplit des seaux, les femmes se dispersent dans les allées de la porcherie, silencieuses, on ne perçoit que les froissements de paille des cochons impatients qui se précipitent sur l'auge, puis leurs lapements furieux. Parfois Frau Müller ajoute des racines, des épluchures de pomme de terre, de betterave, de chou cuites à l'eau, à réduire avant de les ajouter aux bouillies des truies pleines. Alors la sueur coule sous les robes des femmes, de Mila, dont le corps ploie davantage encore par-dessus les cylindres, elle espère sécher avant de traverser la cour.

— Mila, komm hier! Mila se demande si ce n'est pas la première fois qu'un Allemand l'appelle par son nom. Frau Müller emmène Mila au fond de la porcherie, là où sont regroupées les truies prêtes à mettre bas. Elles entrent dans un compartiment et s'accroupissent devant une truie énorme. Schau mal, dit Frau Müller, vois. La truie est lourde et renversée.

Frau Müller trempe ses mains dans une bassine d'eau savonneuse et tiède, et à gestes très doux, patients, elle nettoie le ventre, pétrit les mamelles gonflées et roses. Mila l'imite, s'applique, elle aime masser cette chair tendre, ce ventre chaud plein de mouvements souterrains. Elle regarde la tête immobile de la truie, consentante aux événements de son corps et aux caresses, le groin humide, les yeux aux cils très fins, placides, les soies lustrées sur la peau grise. Mila se demande combien ils sont là-dedans à remuer, à vouloir sortir, s'ils savaient ce que c'est que le monde extérieur. Frau Müller lisse le dos de l'animal, soufflant fort, le ventre posé sur la masse de ses cuisses. Elle murmure des mots très bas, puis se relève et annonce à Mila que ce n'est plus qu'une question d'heures. Elles visitent un autre compartiment, lavent à l'eau tiède un autre ventre, d'autres mamelles où le lait bourgeonne. Il y a dix truies en passe de mettre bas, il faut désinfecter chaque compartiment à grands seaux de lessive et d'eau, balayer, changer la sciure, poser de la paille propre et courte, la longue étouffe les petits. Mila prend soin des truies pleines, c'est sa responsabilité ici et ça lui fait plaisir, ces gestes simples : cajoler les bêtes, changer la litière, attendre la naissance tandis que les autres préparent la soupe et la versent dans les auges, s'occupent des verrats et des jeunes truies.

Le lendemain ils sont là, dix cochonnets flanqués en travers de leur mère, tout tremblants, le groin fouillant la peau à la recherche d'une tétine. Venez voir, appelle Mila, venez! Les autres femmes approchent. Mila se tient devant le compartiment, la main appuyée au bois de la porte. Toutes elles regardent par-dessus son épaule. Elles fixent la truie couchée, paisible, les petits assoiffés tirant sur les mamelles. Là-bas dans la chambre il y a les bébés, Sacha-James, Léa, Anne-Marie, Janek, Pawel. Elles ont mal pour l'enfant qui recommence à maigrir, à jaunir, leurs phalanges sont blanches à force de serrer les anses des seaux tandis qu'elles voient la truie couchée et ses petits se nourrir, sans obstacle. Elles détournent les yeux, l'image est trop douce et obscène.

Mila marche vers la scierie avec des sacs de jute. Elle n'est jamais allée à la scierie, Frau Müller lui a désigné le bâtiment en bordure de champ. Interdiction de parler aux prisonniers sous peine de renvoi à Ravensbrück. Il y a des corbeaux perchés sur les branches noires et nues. Même le vert des sapins est noir sous le ciel bas. Elle toque à la porte de la scierie, grelottante. Bruit de scies, de coups sur le bois. Elle appelle. Une main ouvre la porte, Herr Hess? L'homme hoche la tête, lisse sa moustache blanche et la fait entrer. Une vingtaine d'hommes s'activent autour de troncs très longs, sans écorce. Évidemment ils la voient, et aussitôt ils baissent les yeux, eux aussi doivent avoir des consignes. Ce sont les mêmes hommes que Pierre, minces mais bien bâtis, bien nourris, ils ont des têtes et des corps d'hommes. Ça sent le bois, la poussière jaune flotte sous les ampoules nues et on marche sur un parterre de sciure et de copeaux clairs. Herr Hess désigne le sol, alors Mila se courbe, saisit à pleines mains les résidus de bois et remplit le sac de juste. Elle porte la sciure à son nez, l'odeur est suave. Herr Hess la regarde faire puis il la raccompagne vers la porte.

Alors Pierre bouscule Mila, des planches pas dégrossies à l'épaule, il s'excuse et glisse un papier dans le creux de sa main puis s'éloigne, la planche sous le bras. Dehors, les doigts pleins d'échardes, Mila défroisse le papier minuscule : on a une chèvre, pour du lait plantez un bâton avant la nuit devant le grillage, sous la deuxième fenêtre en partant de la droite, le lait y sera demain, enterré. Elle a le cœur qui bat fort. Du lait. Elle marche vite, manque de glisser sur le verglas tenace, le sac de sciure sur la hanche. Elle entre à la porcherie, bon Dieu du lait, elle déverse la sciure dans le compartiment nettoyé, ratisse, enfourche la paille courte et la disperse, comme ça cogne dans sa poitrine. Elle fait rentrer la truie dont le ventre touche presque terre, la truie se couche et Mila prépare la bassine, lave la peau douce, du lait pour James, elle pense que le lait de chèvre ça doit être très fort, voilà ma belle, elle caresse la tête de la truie épuisée, bonne chance, et quand Frau Müller quitte un moment la porcherie Mila passe de femme en femme, d'oreille en oreille, chaque visage s'allume l'un après l'autre, oui, du lait, Milch, mleko, du lait de chèvre ! Elle plantera un bâton devant le grillage dès la nuit tombée, sous la deuxième fenêtre en partant de la droite.

Le lendemain à l'aube, Mila longe le grillage. Pas d'ombres encore dans la nuit sans lune, pas de bruits, sauf la neige glissée des toits, et des bruissements d'ailes échappés des arbres. Elle trouve le bâton. Le retire de la neige qui a pris autour comme un ciment. Dessous elle trouve une bouteille en métal, plante le bâton un peu plus loin, et fait le chemin inverse jusqu'à la chambre. À peine entrée elle ouvre la bouteille, verse le liquide à moitié gelé dans sa paume, elle goûte. Oui, c'est du lait! Et quand elle pénètre la chambre, triomphante, tenant haut la bouteille – du lait pour le petit-déjeuner! – elle voit les dos tournés, penchés au-dessus du lit de Wera. Mila s'approche, les femmes s'écartent. Pawel est couché, les lèvres bleues. Mila pose la bouteille, fixe le petit cadavre. Elle s'assoit. Puis comme Frau Müller a dit ne rien vouloir savoir de ces bébés, elles se dépêchent de le porter dehors, toutes les quatre derrière Wera. La terre est trop dure pour creuser mais il y a le trou d'une souche délogée derrière la porcherie. Dégager la neige à genoux, à mains nues. Percer la mince couche de glace. Pawel est couché, couvert de branches, de neige, avec cinq berceuses pour requiem, dont la chanson de Brigitte aux lèvres de Mila, chanson de l'enfantement et de la mort de James – *las hojitas de los árboles se caen, viene el viento y las levanta y se ponen a bailar* – les feuilles tomberont sur Pawel et le vent les fera danser. Mila se souvient de la morgue de Ravensbrück, de James dans les bras de cette femme, morts tous les deux au milieu des cadavres, leur étreinte dans la mort. Ici c'est la forêt, l'hiver prendra soin du corps de Pawel, l'enveloppera comme une peau tandis qu'il dort sous les branches, les aiguilles douces, un lit de blancheur et de verdure, de sapin, du même bois que le bois des cercueils, ça n'est pas moins la mort mais ce n'est pas la Keller, pas le crématorium. Pawel va fondre dans la terre, se confondre avec elle, devenir humus.

Le matin suivant le lit de Wera est vide, c'est Simone qui le voit la première. Devant le bâtiment, des traces de pas maculent la neige fraîche jusqu'au portail, jusqu'à la route, s'éloignent vers Fürstenberg. Mila les brouille du pied, et quand elle annonce à

Frau Müller que le bébé de Wera est mort et que Wera s'est en allée, Frau Müller ne cherche pas Wera, ne signale pas sa disparition, à quoi bon la traquer, cette femme, elle se signe, le ciel rougeoie des bombes alliées.

Sacha-James est vivant. Léa, Anne-Marie et Janek sont vivants. Maintenant tenir jusqu'à la fin de la guerre, elles, les mères. Tenir pour eux, par eux, puisque le champ de l'ignorance rétrécit chaque jour, on pourrait même imaginer se projeter au-delà du blanc, du numéro cousu sur la manche, dans un flou nouveau mais sans terreur, car Mila ne se figure pas Frau Müller et Herr Hess les fusiller, les pendre, les brûler toutes les quatre à l'arrivée des Russes ou des Américains : il se peut bien qu'elles soient sauvées et les bébés avec, un jour. Tenir donc, patientes et solides, tandis que gouttent les stalactites au bord du toit. Mila a parfois cette brûlure douce au fond du ventre, qui dessine un sourire à ses lèvres quand elle caresse les truies, malaxe leurs mamelles, gratte leurs soies chaudes, quand elle se penche sur Sacha-James et glisse le lait de chèvre à la cuiller entre ses lèvres, quand il remue ses poings fermés, boxant l'air dans la chambre, quand le premier soleil apparaît sur les champs de neige, scintillement violent, précis, bleu très bleu du ciel, vert profond des branches, une pointe au fond du ventre qui ressemble à la joie. Ce matin, sous le bâton près du grillage, Mila a trouvé un message des prisonniers de guerre qui annonce le bombardement de Dresde, la chute de Budapest, celle de Stettin bientôt, et l'arrivée des Russes aux portes de Berlin. Tenir. Tenir ça a du sens.

Tenir, nourrir les enfants au lait de chèvre, à l'eau de cuisson des pâtes et au lait en poudre tiré des colis des prisonniers de guerre. Tenir, couvrir les enfants de vêtements chauds, morceaux de chemises légués par les hommes, laine trouvée dans des wagons de pillage que des prisonniers déchargent à Fürstenberg et tricotée dans la chambre, le soir, avec des rayons de bicyclette, puis sortir les enfants dans la nuit moins noire, qu'ils respirent l'air du dehors. Tenir, manger, elles ont avalé crus le steak saignant et la farine que deux hommes ont rapportés, dans leurs caleçons, de la boucherie et de la meunerie où ils sont assignés. Tenir. Teresa, si tu nous voyais.

Si Teresa te voyait, Mila, assise sur ta paillasse, concentrée, les yeux fermés. Tu berces Sacha-James et tu plisses fort les yeux, tu essaies de te souvenir des faits le plus précisément possible, des dates mémorisées depuis janvier, dans l'urgence de la débâcle allemande, tu te demandes si Teresa fait de même sur sa paillasse à elle, tu ignores si elle est vivante mais tu n'envisages pas d'autre possibilité. Se souvenir, pour dire, après : nuit du 14 au 15 janvier, Block 10, Darja voit Schwester Martha donner une poudre blanche aux tuberculeuses ; 15 janvier, dix tuberculeuses mortes ; 15 janvier aussi, départ des cartes roses pour le camp d'Uckermark ; 22 et 23 janvier, retour des prisonnières médecins et de l'infirmière Darja qui décrivent Uckermark comme un lieu d'extermination ; 24, 25 janvier… ça, à deux jours près, elle ne sait plus, les camions venus d'Uckermark s'arrêtent devant le crématorium et les robes reviennent sans que personne ait entendu un coup de feu ; 28 janvier,

Teresa voit des centaines de Polonaises franchir la porte du camp, quelqu'un mais qui ? Marie-Paule ? Louise ? dit qu'elles marchent vers Uckermark ; 15 février, départ pour la ferme. Tant de choses manquent. La première morte ? La première fois à la Keller ? Elle ne sait plus quand Lisette est morte ; quand Georgette et Violette sont mortes ; quand James est mort, sauf que c'était novembre. Le sang frappe à ses tempes, elle ne sait pas si elle a oublié ou bien jamais su, jamais situé les jours dans le calendrier. Elle veut noter, tout, sans délai, tout ce qui reste et revient, va revenir. Elle demande du papier et un crayon aux prisonniers de guerre, qu'elle trouve un matin sous le bâton, des petites feuilles grises rectangulaires et une mine de plomb. Et un dimanche de mars, jour où les bébés sont rivés aux peaux de leurs mères, elles osent même un pas dehors en plein jour, quatre femmes et quatre enfants marchant sous les sapins autour de la bâtisse dans les rayons obliques, la main en visière sur les fronts minuscules. Mila voit des camions sur la route de Ravensbrück à Fürstenberg, des camions militaires et peut-être pas seulement allemands, elle regarde passer le convoi au loin sur la blancheur du champ, c'est sûr, quelque chose se passe ; elle veut écrire *ensemble* maintenant, elle et les trois autres, rassembler les dates, les événements, elle a cette intuition que bientôt il faudra parler, et se dépouiller de sa peau singulière pour être une voix audible, une parole. De retour au dortoir elle sort les feuilles, la mine de plomb.

— En avril, c'était des convois numérotés 38000. J'ai jamais revu ma mère après la quarantaine, c'était début mai. Sa robe est revenue à l'Effektenkammer avec le numéro.

— En juin, le 15 ou le 16, je ne sais plus, c'était quelques jours après mon anniversaire, il y a eu un grand transport, au moins cent femmes ont quitté le Block. Elles ne sont pas mortes, en tout cas pas tout de suite, les robes ne sont pas revenues. Plus tard, j'ai su par Giselle, une Schreiberin, qu'elles étaient parties en Kommando de travail pour Neubrandenburg.

— Ich war im Strafblock, Juli 15. bis Juli 30.

— Elle était au Strafblock du 15 au 30 juillet.

— Ich wurde fünfundzwanzig Mal mit dem Stock geschlagen und habe mein Kind nicht verloren.

— Elle a reçu 25 coups de bâton sans perdre son bébé.

— Une fille passée par Neubrem en juillet ou bien août… non juillet, elle a vu à travers un grillage des prisonniers forcés de courir autour d'un bassin, et ils faisaient des sauts de grenouille, comme ça – Simone ouvre grande la main qui rebondit sur sa cuisse – et quand ils en pouvaient plus on les frappait à mort et les autres hommes poursuivaient leur course jusqu'à ce qu'ils en puissent plus aussi. Je m'en rappelle parce que la fille qui a raconté, elle a cru qu'à Ravensbrück on la ferait sauter comme ça jusqu'à ce qu'elle crève.

— J'ai oublié des tas de choses.

— Tu te rappelles en août les prisonnières d'Auschwitz?

— Oui, des milliers.

— Und im September die Frauen von Warshau. Am 2. September, so viel weiß ich noch.

— Les Polonaises de Varsovie, c'est vrai, c'était juste après celles d'Auschwitz, le 2 septembre elle dit.

— Les filles de la tente?

— Ja.

— Oui, les filles de la tente.

— Tu l'as vue la tente ? Je veux dire dedans ?

— J'ai une amie qui l'a vue, Teresa, une Polonaise, elle en vomissait de ces corps entassés par terre, urinant et mangeant par terre et des cadavres qui pourrissaient.

— C'est ce qu'on m'a dit.

— En novembre il y a eu un transport noir pour Zwodau. Ma sœur était dedans.

— J'ai vu des femmes d'Auschwitz partir pour Uckermark début décembre.

— Avant les cartes roses ?

— Oui, avant Noël même.

— Ma pauvre sœur.

Mila note. Chaque jour elle continue, dates, images, le nom d'une morte ou d'un lieu, en vrac sur les petites feuilles grises qu'elle plie en carrés et glisse sous sa robe, pans d'une mémoire imparfaite, archive quand même.

— Et le "marchand de vaches", tu l'as marqué, celui qui nous fonçait dessus à vélo pour les sélections ?

— Il me faut une date.

— Marque quand même. C'était décembre, ou janvier ?

— Tiens, une date sûre : le jour de Noël 1944, on a posé toute la journée dans le froid.

— Le 18 janvier ils ont pendu les filles parachutistes.

— Tu l'as vu ?

— Oui je l'ai vu. De loin.

— Die genauen Tage... das ist schwer.

— Oui, c'est vrai, les dates c'est dur.

3 avril, écrire : des camions avec une grande croix rouge au loin sur la route. C'est à peine croyable,

Katrien est sortie de la porcherie, on venait de séparer les porcelets de leur mère pour le sevrage et Katrien était allée chercher de la paille neuve, mais elle est rentrée les mains vides : Mila, des camions de la Croix-Rouge tu crois ça possible ? Et Mila est sortie, a scruté la route vide, s'est demandé s'il fallait croire à un mirage mais a noté quand même : Katrien a vu trois camions avec une grande croix rouge dessus.

Bombardements, ciel de phosphore, sublimes couchers de soleil dans les fumées flottantes. Parfois Mila a peur, s'ils nous frappaient, les Alliés, les Américains ou les Russes avec leurs bombes rouges, nous, ici ? Savent-ils que nous existons ? Qu'il y a des femmes, des bébés, des prisonniers de guerre ? Les porcelets mangent du lait de vache et des farines maintenant, ils grossissent. De nouvelles truies mettent bas, d'autres s'y préparent et sont massées sous le ventre par les mains de Mila, c'est tous les jours les mêmes gestes, les verrats continuent de saillir les truies, des porcs partent pour l'abattoir, le cycle continue. Noter, noter tout : heure des bombardements, passage de camions, couleur des camions, nombre des camions.

22 avril : des bourgeons, leur sève colle au bout des branches et la neige fond. Sacha-James a quatre mois, il n'a plus l'âge de mourir selon Ravensbrück – Teresa si tu savais, comme il est maigre encore mais bien vivant, j'ai entendu sa voix hier, pour la première fois. Pas un pleur, pas un rire, une sorte d'étonnement devant les pommes de pin naissantes, collantes, un miaulement de petit chat. Noter ça aussi, pour soi, sur les feuilles grises, noter aussi les premiers cheveux d'Anne-Marie, un duvet de caneton. Noter les croix rouges encore, des voitures, des

ambulances dit Katrien ce matin-là, des ambulances de la Croix-Rouge?

23 avril : les prisonniers de guerre partent au champ avec des outils. Ils passent à contre-jour en file droite, comme une caravane. Simone appelle depuis la cour, face au portail ouvert : Venez! Venez! Elle crie, c'est le plus incongru, élever la voix, ne pas chuchoter, parler à voix haute sans crainte de sanction, se donner cette permission : Venez les filles! Frau Müller est sortie de la porcherie elle aussi, elles voient passer au loin, lent convoi, quinze cars de la Croix-Rouge, Katrien les compte un à un. Noter, après, ce qu'a dit Frau Müller :

— Ich glaube, sie fahren nach Ravensbrück, elle croit que les cars vont vers Ravensbrück.

24 avril : l'eau a dégelé sur le pourtour de la ferme, libérant un ruisseau bordé de mousses fluorescentes. Les femmes trempent la main dans l'eau glacée, le soleil vient d'en face, des gouttelettes dorées jaillissent sous leurs doigts. Les premières pâquerettes poussent dans la rosée. Ce matin Frau Müller a mis du pain, du miel, du lait sur la table du petit-déjeuner. Les quatre femmes fixent les assiettes, le pot de miel, les morceaux de pain, le lait tremblant sous la peau.

— Essen Sie, a ordonné Frau Müller, mangez! Vous en aurez besoin.

Elles mangent, le sucre du miel fait monter dans la bouche un soudain flot de salive. Le goût du lait est doux, gras, un peu écœurant. Et quand toutes ont mangé le pain et bu du lait, Frau Müller se lève :

— Sie dürfen weggehen. Vous pouvez partir.

Comment ça, partir?

— Sie sind frei, vous êtes libres.

— Frei ? Pour aller où ?

— Das weiss ich nicht, ça, je le sais pas. Chez vous ? Dans vos familles ? Les Russes arrivent, on ne veut pas de vous ici.

Mila reste assise, muette, sur le banc, fixant le tremblement du lait dans la casserole, la mouche posée sur le bord du bocal de miel. Partir. Maintenant. Comme ça. Être libre. Libre de quoi. Quand tu ouvres à la mésange la porte de sa cage, est-ce qu'elle déploie ses ailes tout de suite ? Où va-t-elle une fois dehors ? L'espace reste un vertige.

— Verstehen Sie ? Vous comprenez ?

— Oui, Frau Müller.

— Ja, Frau Müller.

— Ja.

La paille remue, les cochons ont faim et lapent les auges vides. Dehors il y a des beuglements de vaches, elles sortent manger de la vraie herbe, marcher dans la vraie boue, chasser de vraies mouches du fouet de leurs queues rousses.

Frau Müller tend à Mila un petit sac de toile. Dedans une miche de pain.

— Viel Glück.

Katrien se lève la première, débarrasse son bol comme les autres jours, s'apprête à le rincer dans la bassine.

— Nein, dit Frau Müller en arrêtant son bras. Gehen Sie jetzt. Partez maintenant.

Alors elles s'en vont. Mila se demande s'il faut dire au revoir, s'il faut dire merci, elle murmure danke, s'il faut se retourner, faire un geste de la main, si Frau Müller les regarde sortir, marcher, par la fenêtre, silencieuses et perdues à cause de ce mot, frei, libres, elles en ont rêvé et maintenant qu'en faire ? Elles entrent dans la chambre, elles prennent les bébés, les enveloppent dans les couvertures. Elles sortent et marchent jusqu'au portail, elles n'ont pas dit un mot elles sont sonnées. Elles regardent en arrière. Frau Müller a tiré ses voilages, il n'y a personne à saluer. Elles franchissent le portail, comme Wera il y a plusieurs semaines, s'arrêtent en bord de route. Elles fixent les champs noirs, la terre retournée et semée qui fume dans le soleil. À droite ou bien à gauche ? Où aller ?

— À gauche !

Mila se retourne. C'est Pierre, et quatre autres prisonniers de guerre en costumes rayés, portant des baluchons : Thomas, BJ, Vivian, Albatros.

— Mesdames, direction Fürstenberg. Vous étiez pas cinq avant ?

— Si. Wera est partie.

Et il entonne la Marseillaise avec un accent à couper au couteau, ses enfants de la patrie pulvérisent le tableau des champs immobiles, des genêts en fleur poussent dans la terre noire. Ils prennent à gauche, ils marchent, les hommes devant les femmes derrière portant les bébés, à un moment Mila décroche une grappe de lilas mauve, la porte à ses narines. Elle ne sait pas si elle est heureuse. Elle met ses pas dans les pas des prisonniers de guerre, elle fixe l'horizon, elle pense seulement qu'il faudra se souvenir : 24 avril, premiers lilas.

IX

Un kilomètre peut-être, deux, trois, et la route se peuple. Soldats russes montés sur bicyclettes, sur camions, qui repoussent vers les bords herbeux des gens hagards aux réflexes engourdis. Groupes unisexes de femmes ou d'hommes, des déportés, vêtements rayés ou marqués d'une croix ou déchirés, toutes silhouettes en lame de couteau. Familles, allemandes, polonaises, qui sait, victimes et bourreaux mêlés, de toutes parts et à tout âge tant de raisons pour fuir. Mila marche. Elle a les pieds brûlés à travers sa semelle ouverte. Elle marche, rien d'autre ne compte, avancer. Elles avancent.

Rejoignez Karlsbad, disent des prisonniers de guerre français rencontrés en chemin, c'est le point de rencontre entre l'Est et l'Ouest, les Américains et les Russes. On voudrait bien les suivre jusqu'à Eger, à vingt-cinq kilomètres, on n'a pas de carte, pas de boussole, juste le soleil. Mais les barrages américains ne laissent passer que les prisonniers de guerre : les femmes, elles, n'ont pas d'uniformes, les numéros cousus à leurs manches n'évoquent rien à ces soldats à peine pubères qui les dévisagent méfiants, jettent un œil aux bébés enfouis sous les couvertures – et si c'était des putes? des volontaires du travail? Et même, des communistes? Mila tend Sacha-James à bout de bras, elle murmure au soldat qui ne comprend pas un mot regarde, regarde mon bébé flétri, regarde son visage, laisse-nous passer elle supplie, le soldat semble s'émouvoir, cette femme est une figure tragique, Mila le fixe à percer sa rétine, laisse-nous rentrer chez nous. Mais le soldat claque sa main sur sa nuque, Fuck! scrute sa main, une petite tache vermillon, sans doute une piqûre d'insecte, et il secoue la tête, balance aux femmes des cigarettes et une petite boîte de lait en poudre, sorry, I can't let you, I can't. Il a dix-huit ou dix-neuf ans et une peau d'enfant, et à cet instant Mila éprouve contre lui une haine sans fond, comme jamais elle n'en a senti à Ravensbrück à l'encontre des Aufseherins, ni même d'Attila, qui avaient endossé l'uniforme du bourreau ; celui-là a le masque de l'ange et t'achève avec un sourire de petit garçon : sorry, madam, I can't. Pierre a dû voir le feu dans les yeux de Mila, il la retient en arrière, venez, on y va. BJ et Vivian quittent le groupe, passent de l'autre côté de la ligne américaine direction la France. Mila se précipite vers eux, ouvre la bouche, elle voudrait dire vous prendriez mon bébé? Vous l'emmèneriez avec vous jusqu'en France? Mais cette fin de guerre ressemble tant à la guerre, comment savoir s'ils rentreront vraiment.

Restent Pierre, Thomas et Albatros. On les dirige vers les Russes, un bras tendu vers l'est. Les Russes font peur, grimpés à cinq, dix, sur des troïkas lancées à grand galop sur les routes, ivres et hurlant et fracassant des bouteilles sur l'asphalte. Parfois il y a des femmes avec eux, qui les embrassent à pleine bouche, des joueurs d'accordéon, un jour un soldat saute à terre, se relève en boitant, fourre sa langue dans la bouche de Katrien jusqu'à ce que Pierre lui brise la mâchoire.

Thomas vole une voiture à cheval, à cause des pieds en sang et de l'excitation des Russes. Mila essaie de se figurer le chaos du parcours, le tracé de la voiture sur une carte imaginaire. Chaque jour ce sont villages rasés, fumant, maisons à sac, vitrines brisées, magasins éventrés, des hommes et des femmes errent, mendient dans toutes les langues. Ils s'arrêtent dans une ferme, un homme les reçoit au fusil, ils veulent juste du lait de vache pour les bébés. L'homme leur donne un bidon de lait et des pommes de terre froides, maintenant on déguerpit. Les bébés dorment dehors, maigrissent, secoués par la voiture ils vomissent le lait. Un matin, Simone se réveille au pied de la rivière, tenant dans ses bras un cadavre. Le cadavre d'Anne-Marie. Ils l'enterrent au bord de l'eau, leurs genoux sont noirs de la terre noire. Simone n'a pas de larmes, c'est sans mesure une douleur pareille, si proche de la frontière. Maintenant écrire sur les feuilles grises en lettres minuscules la date de la mort d'Anne-Marie : 8 mai 1945. Simone ne parle plus. C'est une chose qu'on nourrit, qu'on réveille, qu'on caresse du bout des doigts et qui ne répond ni des yeux, ni de la bouche, ni du geste. Il reste un fantôme, trois mères et trois bébés.

On dit qu'Hitler est mort.

Mila ne compte plus les jours. L'errance est un long coma, une absence à soi. Elle est libre. Elle a faim, elle a soif. Il faut tenir. Elle ne pense qu'à

Sacha-James, le regarde, souffle sur son visage, l'embrasse, le colle à sa poitrine tiède. Un soir ils dorment dans une étable, un paysan leur sert une soupe chaude et du lait de vache pour les enfants. Une autre fois ils passent la nuit dans un hôpital éventré, sur des matelas moisis. C'est là que Janek, brûlant de fièvre, meurt à son tour.

— Ihr wollt nicht seine Kleider nehmen? Vous ne voulez pas prendre ses vêtements? demande Klaudia à Mila et Katrien.

Elles secouent la tête. On ne va pas l'enterrer nu ce petit enfant, on est sorties de Ravensbrück, on ne déshabille plus les morts.

Alors Klaudia fixe son fils :

— Dann wärst du umsonst gestorben. Alors tu es vraiment mort pour rien.

On l'enterre dans le jardin dévasté de l'hôpital, sous un massif de fleurs roses encore debout – 15 mai. Deux jours plus tard Klaudia suit Janek – 17 mai, d'épuisement ou de chagrin. Non, la guerre n'est pas finie. La fin de la guerre, c'est quand Sacha-James est sorti d'affaire.

Restent deux bébés, Katrien, Mila et Simone muette, et trois hommes. Un matin Albatros quitte le groupe lui aussi, il franchit un barrage US, il rentre chez lui. Deux hommes, trois femmes, deux bébés.

C'est une course contre le temps. L'ennemi, c'est le temps, c'est l'espace, l'autre nom du temps. Le temps l'espace qui séparent les bébés d'un toit, de réserves de lait, de médicaments, de vêtements chauds.

Le temps accélère le jour où Pierre se dresse d'un coup sur le siège du cocher : regardez, la Croix-Rouge! Pierre fouette le cheval, si maigre que Mila se demande comment il peut avancer encore. Le cheval trotte, allez mon vieux, plus vite! Le cheval coupe à travers champs, foule la lourde terre semée, on voit les cars de la Croix-Rouge stationnés en file, au loin, sur la route. L'écume mousse au mors du cheval, encore deux cents mètres et on y est, Mila rive ses pupilles aux taches blanches et rouges stoppées contre le vert des bois, s'y aimante, fonce la bête, tu ne vas pas nous faire manquer ça! Thomas se lève, agite les bras, crie à travers le champ par-dessus le vacarme des roues. Simone est un morceau de bois ni vivant ni mort que la voiture ballotte, Katrien n'a plus de voix et se met à tousser, alors Mila se joint à Thomas et à Pierre, une voix avalée par le vent et les cris des hommes. Cent mètres, les cars se mettent en marche. Pierre fouette le cheval mais le cheval n'est plus capable, il s'enfonce dans la tourbe molle et grasse, merde, merde, il plie la jambe, Mila serre les mâchoires oh ne tombe pas, cheval. Alors Pierre lâche la bride, ils sont quatre à agiter les bras maintenant, bébés tenus d'une seule main, le cheval avance seul, au trot, droit devant. Enfin un car s'arrête. Une silhouette en descend, remue les bras à son tour jusqu'à ce que la voiture atteigne le bord de la route. Le cheval hennit. Pierre et Thomas sautent de voiture, aident Mila, Katrien, et Simone à mettre pied à terre. Puis le cheval s'effondre et la carriole verse. Un peu plus tard, à travers la poussière des vitres du car, Pierre et Thomas rétrécissent, se coulent dans l'ombre, et disparaissent.

Les cars sont pleins de déportées. Ils roulent au pas à travers la campagne, étendues vertes, soyeuses d'herbes couchées, fruitiers en fleurs, nuées d'oiseaux détachés des fils électriques, ondulant sous le ciel. Quand Mila reconnaît la route de Fürstenberg, à quelques kilomètres du camp de Ravensbrück, elle a le cœur qui bat fort. Mais les cars s'éloignent, ils passeront par la Suisse dit une jeune femme de la Croix-Rouge, puis prendront vers Strasbourg. La Suisse, Strasbourg. Mila fixe émerveillée cette bouche si sûre, qui annonce la suite, qui parle de ce soir, de demain, d'après-demain, paisiblement, qui promet un horizon fixe, la première certitude depuis l'arrestation, en France, un jour de janvier 1944 : la Suisse, Strasbourg. Elle se souvient pourtant que la guerre n'est pas finie, ni maintenant, ni à Strasbourg, voyez le corps déshydraté de Sacha-James. Chaque forêt, chaque village, chaque fleuve traversé, chaque frontière franchie tandis que l'enfant respire est une bataille gagnée, une de plus. Les dents de Mila réapprennent à mâcher, son estomac à digérer des sucres, des graisses, elle engrange assez de force pour chanter sans répit la berceuse de Brigitte, jusqu'à la Suisse, jusqu'à Strasbourg, jusqu'à Paris, elle tisse un fil très doux entre Sacha-James et le monde extérieur, pour qu'il y reste, qu'il ne s'échappe pas en pays de torpeur, et elle l'attache au fil, l'y enroule, une pelote chaude et serrée autour du petit corps, *las hojitas de los árboles se caen, viene el viento y las levanta y se ponen a bailar*, elle chante et Katrien chante pour Léa ; à Strasbourg Katrien s'en va, prend la direction de la Belgique mais Mila chante encore jusqu'aux velours du Lutetia, ne pas rompre le fil, d'ailleurs personne ne lui demande de se taire, il y en a même qui chantent à sa place quand elle dort au-dessus de l'enfant, la mélodie seulement parce que ces mots, elles ne les connaissent pas, les autres ; et quand au

Lutetia, debout parmi des centaines de déportés hommes, femmes, enfants, Mila entend la voix de son père demander Suzanne Langlois, puis une autre voix la désigner, c'est elle monsieur, elle est de dos et ne se retourne pas tout de suite, elle veut raccrocher en douceur les bords du temps et chanter sans rupture, elle attend qu'il l'appelle, lui, le père, elle se prépare, Suzanne ! Alors elle lui fait face, la tante de Mantes pousse son fauteuil, elle tient le bébé dans ses bras et la berceuse ne meurt pas encore sur ses lèvres car Sacha-James n'est pas sauvé, la guerre n'est pas finie.

Quand ils arrivent rue Daguerre, ils ne se sont pas parlé tous les trois, la tante, le père et elle, pas touchés depuis le Lutetia. Sur le trajet elle a regardé les rues de Paris, familières et lointaines, comme sur l'écran de cinéma aux actualités. Dans la maison, l'odeur intacte du bois. Le soleil traversant les taches de pluie calcaires. La table de chêne massif, rugueux sous la paume. L'affreuse horloge en face de la porte, le battement du balancier. Mila scrute son père qui roule vers la table. Il n'a pas changé. Cheveux gris, barbe grise, mains calleuses, mince et sec. La tante pose une carafe d'eau et trois verres sur la table. Ils s'assoient autour. Le père sert l'eau, répartit les verres. Tous ces gestes à réapprendre. Remplir la carafe. Nettoyer les vitres. Remonter l'horloge. Passer la soupe au tamis. Repasser une chemise. Fermer la porte à clé. Elle est partie il y a mille ans.

Ils boivent du bout des lèvres, les yeux dans le vide. Mila regarde les mouches se coller au ruban sucré qui pend du plafond, elles mourront d'épuisement.

— Où est Mathieu ?

— On ne sait pas, dit le père.

— Quoi ?

— On ne l'a pas revu, dit la tante.

— Ton oncle Michel est mort.

— Oh… Michel…

Ils boivent encore. La tante se penche sur le bébé silencieux.

— Comment il s'appelle ?

— Sacha-James.

— Sacha quoi ?

— Sacha-James.

— Il est à toi ?

— Oui, il est à moi.

La vraie question, le père n'ose pas la poser. Elle le devance :

— N'aie pas honte. Il n'est pas d'un Boche, j'étais enceinte quand on m'a arrêtée.

La tante dégage la tête du petit, à peine plus grosse qu'un gros poing fermé.

— Il est bien maigre, dis donc. Toi aussi.

— Tu as du lait ?

— Jean, ta fille demande du lait !

— Oui, là, derrière le pain.

Mila se demande si ça viendra. S'ils parleront. S'ils cesseront d'être des étrangers. Peut-être ils lui demanderont si ça va. Elle dira oui, mieux. Plus tard ils voudront savoir comment c'était. Elle essaiera de parler. Elle emploiera la langue apprise là-bas et qu'ils ignorent, exactement comme elle l'ignorait à son arrivée au camp. Elle dira Block, Blockhowa, elle dira Appell, Kommando, Kinderzimmer. Ils fronceront les sourcils, n'oseront pas l'interrompre, ce seront seulement des sons agglomérés, des phonèmes purs qui sortent de sa bouche et ne veulent rien dire. Évidemment, ils n'auront pas d'images pour ces mots. Elle se souviendra qu'à Ravensbrück les images sont venues, lentement, douloureusement, donner sens à la langue du camp. Qu'il a fallu nommer ces choses qui avant n'existaient pas : Stück, Strafblock. Eux autour de la table de la cuisine, d'où pourraient leur venir les images ?

Ils disent qu'ils ont eu peur pour elle. Ou plus exactement : tu nous as fait peur. En fait ils ont peur d'elle. Ce qu'elle a vu, entendu, ils ne veulent pas le voir, pas l'entendre. Ils disent nous aussi, on a eu faim, et froid. Elle sait que c'est elle qui doit revenir au monde, leur monde, reprendre la vie où elle l'a laissée, où ils la lui ont laissée. Comme avant, cirer la table. Comme avant, faire la cuisine. Comme avant, charger le poêle. Se lever à sept heures du matin et se rendre, comme avant, au magasin de musique. Comme avant repriser les chaussettes. Redevenir Suzanne Langlois, renoncer à Mila. Se défaire de Ravensbrück. Retrouver la place vide comme Mathieu devra retrouver la sienne, les contours définis de l'existence d'avant, si jamais il rentre, s'y couler. Les autres ne feront pas le chemin inverse, se départir du quotidien qui reprend ses droits avec la paix, mois après mois, pour entrer sur ses terres à elle, dans sa nuit. Elle sait qu'elle va porter Ravensbrück comme elle a porté son enfant : seule, et en secret.

Autour d'elle on voudrait oublier, on voudrait vivre. Alors elle s'occupe de Sacha-James, nuit et jour, jusqu'à ce que le médecin soit formel : fragile mais sauvé, cet enfant. Il vivra. Alors enfin la guerre semble finie. C'est le 27 juillet 1945.

ÉPILOGUE

Suzanne Langlois a baissé le store et s'est assise dans le fauteuil. Elle ouvre d'une main tremblante la pochette cartonnée, étale sur la table des bouts de papier gris couverts d'une écriture en pattes de mouche. Les coins en sont cornés, le crayon à demi effacé. Le soleil du dehors s'y pose en pointillés.

La première fois qu'elle a revu ces feuilles c'était un soir de novembre 1965. Sacha-James venait d'avoir vingt et un ans. Sa vie était entre ses mains à lui. Son histoire pas encore.

Elle a frappé à la porte de sa chambre. Elle est entrée, des partitions ouvertes jonchaient le bureau et le sol en lino, et Sacha-James debout sur une chaise grattait une guitare invisible, *I got a ticket to ride, I got a ticket to ride but she don't care*, une mèche blonde dans les yeux. Elle a souri, pensé que son fils était un gamin, s'en est réjouie. Tu veux bien éteindre la musique ? Il a sauté de la chaise, a éteint, il a demandé, essoufflé : oui ? Elle s'est assise sur le lit, a tapoté le matelas sur sa droite. Il a rejoint sa mère au bord du matelas. Elle l'a trouvé beau, front large brillant d'un voile de sueur à cause de la guitare fantôme, yeux gris clair, longs cils recourbés.

Elle a pensé : il ne voit pas la dissemblance. Lui fixait le vinyle sur le tourne-disque, le genou impatient, Suzanne a pensé mon fils est heureux, puis il s'est tourné vers sa mère et lui a demandé bon qu'est-ce qui se passe ? Elle lui a tendu une petite carte rectangulaire. Sacha-James a pris la carte, y a vu sa photo d'identité, une qui datait, il devait être en neuvième ou dixième, sérieux, la raie sur le côté impeccable et le col de chemise rentré sous le pull en laine. C'est quoi, maman ? À droite de la photo il a lu son nom, Delorme Sacha-James, Delorme le nom de famille de son père, celui que sa mère a accolé au sien, Suzanne Langlois-Delorme. Il a lu sa date de naissance, 29 septembre 1944, son adresse rue Daguerre, et puis une *date d'internement*, le 29 septembre 1944, et une *période de déportation*, du 29 septembre 1944 au 7 juin 1945. Il a froncé les sourcils, jeté un coup d'œil à Suzanne qui fixait la carte elle aussi. Tout en haut, au-dessus de la ligne "Ministre des Anciens Combattants et Victimes de la Guerre", Sacha-James a lu la mention "Carte de Déporté Politique".

— C'est quoi ce truc ?

— C'est à toi.

— Comment à moi ?

— Regarde, là, a dit Suzanne, l'ongle pointé sur une ligne de la carte.

Sacha-James a lu : Né à Ravensbrück, Allemagne. Il a ri.

— Je suis pas né à Ravensbrück, je suis né à Paris !

Elle lui a montré sa carte à elle. Il s'est penché. À l'automne 1944, au moment de la naissance de Sacha-James, elle était à Ravensbrück.

— Non mais c'est quoi cette histoire ?

Suzanne s'est mordu la joue.

— Tu es né à Ravensbrück.

Sacha-James a fixé sa mère. À travers elle il a vu des corps brisés, on lui en avait parlé un peu du camp, pas trop, il n'aimait pas ça, il y a superposé le corps d'un bébé ; c'était une coïncidence impossible à croire, à se figurer. Il s'est essuyé le front, s'est levé d'un coup, a secoué la tête comme un chien qui se sèche, il s'est défait de cette aberration.

— Sacha... a murmuré Suzanne, et elle a deviné la folle collusion d'images qu'elle provoquait mais il fallait bien parler, et la vérité est un bloc.

Elle a tout dit. Qu'elle n'était pas sa mère, sa mère était une femme russe dont elle n'a pas su le nom mais qui l'avait appelé Sacha. Elle a caressé la main de son fils qui tenait encore la carte, l'a caressée tendrement. Qu'elle avait perdu son bébé, et lui Sacha, sa mère. Le poing de Sacha-James s'est durci, refermé sous la paume de sa mère. Qu'elle l'a pris avec elle, qu'il est revenu en France avec elle. Elle s'est levée, a soulevé le menton de Sacha-James, l'a obligé à la regarder.

— En France j'ai rencontré ton père. Je me suis mariée, il t'a adopté.

— Mais qu'est-ce que tu racontes... qu'est-ce que tu racontes, maman !

Sacha-James a reculé lentement, il a dévalé l'escalier, il est entré dans le bureau de son père, la porte a claqué contre le mur, il s'est planté au milieu de la pièce, il a dit qu'est-ce qu'elle raconte maman, c'est pas elle ma mère, c'est pas toi mon père, c'est quoi ces foutaises ?

Le père a ôté ses lunettes, s'est levé à son tour, et lui, Sacha-James, à bout de forces, tout bas soudain,

mâchoires serrées : pourquoi tu l'as pas dit avant ?
Pourquoi maintenant ?

Suzanne est entrée dans le bureau, la bouche tremblante mais le corps tenu, cimenté, parce que son
fils avait droit à cette dignité, à ne pas naître du malheur, de l'horreur, d'une faiblesse mais d'un choix
pensé, réfléchi, d'un amour sans faille.

— Parce qu'on ne parlait pas de Ravensbrück. On
ne parlait pas des camps. On ne pouvait pas parler
de toi. Ça effrayait les gens. Tu leur aurais fait peur,
tu aurais eu peur aussi, tu n'aurais pas compris.

— Mais je comprends pas ! Je comprends rien !

— Tu es majeur. Cette carte est à toi.

Le même jour, pour Sacha-James, Suzanne a
ouvert la pochette cartonnée, et a sorti une à une
les petites feuilles grises. Elle a regardé ce chantier
de mémoire en désordre, elle a dit aide-moi, il faut
les trier par date, je vais te raconter.

— C'est toi qui as écrit ça ?

— Oui.

Et Sacha-James a étalé les bouts de papier sur le
bulgomme, a déchiffré l'écriture à la mine de plomb,
essuyant ses yeux gris, chuchotant je comprends rien,
qu'est-ce que c'est un transport noir ? C'est quoi des
cartes roses ? À deux ils ont reformé le puzzle sur la
grande nappe blanche, alignant les dates : 15/16
juin 1944 : transport Kommando Neubrandenburg.
– 15 à 30 juillet : Wera vingt-cinq coups de bâton –
Novembre : transport noir Zwodau – Décembre :
femmes d'Auschwitz partent pour Uckermark…
Sacha-James regardait les feuilles, étranger à sa propre
histoire. Et Mila, devant ces dates, ces faits notés
dans l'urgence et ressurgis d'un coup, tentait de se
rappeler qui avait dit quoi, aux Blocks, qui avait dit

quoi dans cette chambre, extension de la porcherie, dans une ferme des environs de Fürstenberg. À
qui appartenait chacune de ces paroles ? Chacune de
ces images ? Combien étaient les bouches, les yeux
de femmes sur ces petites feuilles grises échappées
de l'oubli ?

— Dis, comment s'appelait ma vraie mère ?

— Je ne sais pas.

— C'est quoi ma vraie date de naissance ?

— Je ne sais pas. Fin novembre 1944 je crois.

— Tu as oublié ou tu ne l'as jamais su ?

— Je ne sais plus. Je n'ai pas tout écrit. Tout ce
qui est écrit n'est pas de moi.

Suzanne pensait que le temps rouvrirait la mémoire, la réveillerait, que la somme des souvenirs
de toutes finirait par former un camp accessible à
Sacha-James. Un jour il viendrait à l'Amicale de
Ravensbrück, un jour il entendrait des témoignages,
rencontrerait les deux bébés français sortis vivants du
camp, et Sabine, de la Kinderzimmer, qui lui frotte-
rait le crâne en lui disant je t'ai vu cul nu mon petit,
tu as bien meilleure mine maintenant ! Un jour il
saurait son histoire, dispersée dans les yeux d'une
foule de femmes, et il naîtrait une seconde fois.

Quarante ans plus tard, le soir de la rencontre
au lycée, Suzanne Langlois assise dans son fauteuil
déballe pour la deuxième fois ses bouts de feuilles
grises. Elle se demande encore ce qui, de tout cela,
lui appartient. Ce qui est à Marie-Paule ? À Teresa ?
À Katrien ? Wera ? Klaudia ? Georgette ? Lisette ?
Louise ? Adèle ? Au fil des ans, des procès, de la nécessité de dire, elle est devenue les yeux, la bouche, la
mémoire de chacune, comme chacune est devenue

la mémoire de toutes. Sûrement il y a quelque part d'anciennes prisonnières qui, devant des collégiens, parlent du lac de Fürstenberg sans jamais l'avoir vu. Il est vrai qu'il y avait un lac de l'autre côté de l'enceinte du camp. Et il est vrai aussi que beaucoup de femmes ne l'ont jamais vu. Dans chaque camp, il y avait mille camps. Alors elle repense à cette jeune fille à l'anneau rouge dans le sourcil : il y avait mille camps, et elle, quand a-t-elle su que ce camp s'appelait Ravensbrück ? Est-ce que quelqu'un a vu le mot de Ravensbrück écrit quelque part, le lui a dit ? Qui est-ce qui parle quand Suzanne parle, quand Suzanne dit "je", quand elle affirme en toute bonne foi : j'ai marché jusqu'à Ravensbrück ?

Les bouts de papiers gris se retournent dans le courant d'air. Mila y voit tout ce qui n'y est pas inscrit. La berceuse de Brigitte. La gamelle de Lisette. La main de Teresa, douce, dans la sienne. Les cygnes blancs glissant sur le lac. Les cadavres raidis dans le Waschraum. Sacha-James endormi contre elle dans le lit, à la ferme. Peut-être un jour il y aura des gens, comme cette jeune fille à l'anneau rouge, pour vouloir démêler les regards, déconstruire l'histoire, revenir à la peau, à l'instant, à la naissance des choses, à l'ignorance, au début de tout, quand on ne pouvait pas dire : j'ai marché jusqu'au camp de Ravensbrück, parce qu'on ne connaissait pas ce mot, quand les femmes qui n'avaient pas vu de lac n'imaginaient pas qu'il en existait un. Peut-être cette fille à l'anneau rouge trouvera ainsi le moyen de se tenir à l'endroit où se tenait Mila en avril 1944, là où Mila ne savait rien encore. Là où il n'y avait qu'ignorance. Il faudra écrire des romans pour revenir en arrière, avant les événements, au début de tout.

Quand elle retournera dans cette classe au lycée, Suzanne Langlois dira exactement cela : il faut des historiens, pour rendre compte des événements ; des témoins imparfaits, qui déclinent l'expérience singulière ; des romanciers, pour inventer ce qui a disparu à jamais : l'instant présent.

Elle dira aussi, face au planisphère corné au mur du fond de la classe : il y a des choses en moi qui sont restées intactes. Elle fixera la fille à l'anneau rouge, qui lui ressemble tant à la descente du train, le 18 avril 1944, sur le quai d'une gare allemande que des panneaux indicateurs appellent Fürstenberg ; elle lui dira que, par exemple, elle n'a pas oublié que le chien n'a pas mordu, que sa vie a tenu à cela, la vie tient à si peu de chose, à un pari. La vie est une croyance. Elle dira, aussi, qu'elle n'a pas oublié les premiers lilas du printemps 1945, qu'elle se souvient du 24 avril, du chemin boueux à la sortie de la ferme et du ciel extra-bleu, des prisonniers de guerre qui marchaient droit devant avec des ombres obliques, et d'elle, parmi les quatre mères, qui d'un bras tenait son fils enveloppé dans une couverture, et de l'autre a cueilli une grappe de lilas, mauve et odorante, en se jurant de s'en souvenir précisément, ce mauve tranchant sur la boue de la route et l'herbe fluorescente apparue sous la neige ; elle dit mon lilas n'est pas dans l'Histoire mais c'est la mienne, mon histoire, le lilas marque le jour où j'ai marché sans contrainte pour la première fois depuis l'arrestation, sans autre nécessité que sauver mon fils et où j'ai cru que mon fils peut-être pourrait vivre. Ce ne sera pas dans les manuels scolaires, pour sûr, et pourtant si nous sommes rentrées, si je suis revenue, c'est aussi grâce à cet événement minuscule, il pèse autant, plus, peut-être, en moi, que la destruction de Dresde ou la prise de Berlin, que le jour exact où j'ai su le nom de Ravensbrück et que je n'arrive pas à me rappeler. Le jour du lilas, le 24 avril 1945, j'ai pensé à une amie, à ma sœur de Ravensbrück, Teresa, à qui je dois de vivre. C'est à Teresa que je pense encore alors que je vous parle. Et d'ailleurs regardez, cette branche de lilas blanc, oui, juste derrière vous jeune homme ; regardez-la, qui cogne tout doucement à la fenêtre.

REMERCIEMENTS

À Sylvie Brodziak, dont l'enthousiasme et la curiosité sont à l'origine de ce roman.

À Marie-José Chombart de Lauwe, résistante de toute une vie, dont l'histoire est dans ce livre.

À Jean-Claude Passerat, Guy Poirot, enfants de Ravensbrück, et à Pierrette Poirot, dont la confiance et le témoignage m'ont encouragée à poursuivre ce projet.

À Juliette et Monique, filles de déportées, dont l'accueil et l'amitié m'ont fait entrer dans une famille de cœur, à l'Amicale de Ravensbrück.

À Carine Toly, ma lectrice et mon amie indéfectible depuis dix ans.

À Gwenaëlle Aubry, Guy Peslier, lecteurs attentifs.

À Sorj Chalandon, et à Michel Quint, dont les conversations littéraires ont éclairé mon chemin de doute.

À mon ami Bernhart Christian, pour sa contribution aux traductions.

À M. Hesse, professeur d'allemand, dont l'enseignement m'a ouverte à la musique, à l'histoire et à la littérature allemandes.

À ma fille Lili, dont l'amour a justifié toute résistance.

À ma mère, qui a donné l'exemple.

*

Et enfin à Françoise Nyssen, Eva Chanet, Myriam Anderson, Bertrand Py des éditions Actes Sud, pour leur foi en ce roman.

DU MÊME AUTEUR

La Note sensible, Gallimard, 2002 ; Folio n° 4029.
Sept jours, Gallimard, 2003.
L'Antilope blanche, Gallimard, 2005 ; Folio n° 4585.
Petit Éloge des grandes villes, Gallimard, 2007 ; Folio n° 4620.
L'Échappée, Gallimard, 2007 (prix Ouest 2008) ; Folio n° 4776.
Qui touche à mon corps je le tue, Gallimard, 2008 ; Folio n° 5003.
Des corps en silence, Gallimard, 2010.
Méduses, éditions Jérôme Millon, 2010.
Banquises, Albin Michel, 2011 ; Le Livre de poche n° 33072.
Kinderzimmer, Actes Sud, 2013 (prix des Libraires, prix des lecteurs du *Maine libre*, prix SOS libraires, prix Gabrielle-D'Estrée, prix littéraire de l'Académie de Bretagne et des Pays de Loire, prix Coup de cœur des lecteurs du Salon du livre d'histoire de Blois, prix Jean-d'Heurs, prix Jean-Monnet des Jeunes Européens).
La Fille surexposée, Alma éditeur, 2014.
Baumes, Actes Sud, coll. "Essences", 2014.

LITTÉRATURE JEUNESSE
Manuelo de La Plaine, Gallimard, 2007 ; Folio junior n° 1440.
Bonnes vacances !, collectif, Gallimard, "Scripto", 2003.
De l'eau de-ci, de-là, collectif, Gallimard, "Scripto", 2005.
Va y avoir du sport, collectif, Gallimard, "Scripto", 2005.
Le Rêve de Jacek : de la Pologne aux corons du Nord, Autrement Jeunesse, "Français d'ailleurs", 2007.
Le Cahier de Leïla : de l'Algérie à Billancourt, Autrement Jeunesse, "Français d'ailleurs", 2007.
Adama ou la vie en 3D : du Mali à Saint-Denis, Autrement Jeunesse, "Français d'ailleurs", 2008.
Le Secret d'Angelica : de l'Italie aux fermes du Sud-Ouest, Autrement Jeunesse, "Français d'ailleurs", 2008.
Thiên An ou la grande traversée : du Vietnam à Paris XVIII, Autrement Jeunesse, "Français d'ailleurs", 2009.
Chaïma et les souvenirs d'Hassan : du Maroc à Marseille, Autrement Jeunesse, "Français d'ailleurs", 2009.
João ou l'année des révolutions : du Portugal au Val-de-Marne, Autrement Jeunesse, "Français d'ailleurs", 2010.

Anouche ou la fin de l'errance : de l'Arménie à la vallée du Rhône, Autrement Jeunesse, "Français d'ailleurs", 2010.

Antonio ou la Résistance : de l'Espagne à la région toulousaine, Autrement Jeunesse, "Français d'ailleurs", 2011.

Lyuba ou la tête dans les étoiles : les Roms, de la Roumanie à l'Île-de-France, Autrement Jeunesse, "Français d'ailleurs", 2012.

Le Voyage immobile, Actes Sud Junior, coll. "D'une seule voix", 2012.

Une preuve d'amour, Thierry Magnier, 2013.

Le Mystère de Hawa'a, album jeunesse, Albin Michel Jeunesse, 2013.

Les Deux Vies de Ning : de la Chine à Paris-Belleville, Autrement Jeunesse, "Français d'ailleurs", 2013.

La Porte rouge, avec des photographies de Hortense Vinet, Thierry Magnier, 2013.

Le Grand Mensonge de la famille Pommerol, Thierry Magnier, 2015.

BABEL

Extrait du catalogue

OUVRAGE RÉALISÉ
PAR L'ATELIER GRAPHIQUE ACTES SUD
REPRODUIT ET ACHEVÉ D'IMPRIMER
EN FÉVRIER 2015
PAR NORMANDIE ROTO IMPRESSION S.A.S.
61250 LONRAI
POUR LE COMPTE DES ÉDITIONS
ACTES SUD
LE MÉJAN
PLACE NINA-BERBEROVA
13200 ARLES

DÉPÔT LÉGAL
1re ÉDITION : MARS 2015
N° impr. : 1500411
(Imprimé en France)